君に10年恋してる

目次

君に10年恋してる

プロローグ

「利音《りね》、俺、上司の娘さんと結婚することになった」

私――熊谷《くまがい》利音が、一年半付き合っている彼氏の鈴木《すずき》祥太郎《しょうたろう》にそう言われたのは、六月のある日のことだった。

場所は、祥太郎の家。

いつものように、私が作った夕食を二人で食べていた。

付き合って一年も経つとデートに行くのも億劫《おっくう》で、ここのところ休日はどちらかの家に行き、レンタルしてきた映画のＤＶＤでも見た後、夕食を食べて寝るというパターンが続いていた。

付き合い始めたころの情熱はなく、惰性《だせい》で続く穏やかな日々。

いつもと変わらない日常――

少なくとも私は、そう思っていた。

それなのに、祥太郎は、突然、なんでもないことのようにそう告げたのだ。

「はぁ……？」

私は思わず聞き返す。

彼が何を言っているのかまったく意味がわからない。

「上司って、野宮《のみや》部長？」

頭が混乱して、とっさに尋ねてしまった。

そんなことを確認したところでどうしようもないのに。

それでも、声音だけは平静を装うことに成功した。

「よくわかったな」

祥太郎は少し驚いたような顔で答える。

なぜ驚くのだろうか。

私と祥太郎は、同じ会社に勤める同期だ。部署が違うとはいえ、彼が一番親しくしている上司くらいはわかる。

自分の彼氏の交友関係すら把握していない女だと思われていたのかと、ため息が出た。

「それで？」

私が先を促《うなが》すと、祥太郎は、さも当然だというように告げる。

「あー、だからもうここには来ないでくれよ」

そのあまりにあっけらかんとした口調にあ然となる。

これは、はたして別れ話なのだろうか。

私はなんとなくではあるが、祥太郎とは結婚するのかなと思っていた……私たちももう二十八歳だし、お互いの親と顔を合わせたことだってある。

でも、祥太郎にとってはどうも違ったらしい。

そうか、私は捨てられるのか……

現実感がない。

私はふらふらと立ち上がってキッチンに向かった。

洗い場に置いてあった大きめのコップに水道水を汲《く》んで、祥太郎を振り返る。

彼の背中は、いつもと変わらずリラックスしているように見える。こちらを見もしない。

この人――いや、もうこいつでいい。

こいつは、私がキッチンに向かったことに危機感を覚えないのか？

普通こんな別れ話をしたら、刺される覚悟ぐらいするだろう。

もちろん、私はそんなことしない。

けれど、ふつふつと怒りが湧き上がってきたのも事実。

私はコップを持ったまま、祥太郎にそっと忍び寄る。そして背後に立って、彼の頭に水をかけた。

「うわぁ!?　な、何すんだよ!?」

彼は悲鳴を上げながら私を睨《にら》む。

「は？　何もされないで済むと思ったわけ？　バカなの？」

「なっ」

「あぁ、ごめん。バカだったね」

私はポタポタと水滴を落とす祥太郎を見て、挑発するように笑った。

子どものように泣き喚《わめ》くなんてまねはしないけれど、怒りを我慢できるほど大人じゃない。

彼は私のことをなんだと思っていたのか。

結婚までの繋ぎ？　代えの利くアクセサリー？

いずれにしても「もう来ないで」の一言で終わらせる程度の関係だ。

祥太郎は顔を赤くして口をパクパクさせている。

言いたいことがあるのだろうが、言葉が出て来ないようだ。

そんな彼を横目に、私は帰り支度を始める。

途中だった夕食は生ゴミの袋に捨て、私専用の茶碗や箸《はし》を不燃ゴミの袋につめる。彼のクローゼットに入れてあった下着や歯ブラシなんかの日常品も全部まとめてゴミ袋だ。そして最後に鞄の中に入っていたこの部屋の合鍵を祥太郎に投げつけた。

濡れた身体を拭きもせず呆然としていた祥太郎は、とっさに受け取ろうとするけれど、動揺のせいか、受けとめ損ねた。

鍵が彼の手の上で跳ねて、スープ皿の中へちゃぷんと音を立てながら沈む。

「私の物は捨てていいから。私の部屋にあるあんたの物も全部捨てる」

玄関で赤いパンプスを履き、最後に振り返る。

「結婚と同時にストレスで禿《は》げてしまえ」

ドアを開けると、今度こそ振り返らず部屋を出る。

涙は出なかった。

後から考えると、別れたくないと縋《すが》ればよかったのかもしれないが、その時はそんなことまったく思いもしなかった。

私も祥太郎にたいして好きだと思う感情をとっくに失っていたのだ。

それでも、一年半も付き合っていたのにたった一言で捨てられてしまう自分の存在が悲しく、悔しかった。


こうして私は、一年半付き合った彼氏と別れたのである。

第一章

祥太郎と別れて二ヶ月が過ぎた八月。

私は高校の同窓会に参加するため、都内にある有名なホテルへ向かっていた。

実はあまり、出席する気はなかった。

高校時代からの友人である長浜綾香《ながはまあやか》からしつこく誘われたので、出席の返事はしたものの、仕事を理由に欠席するつもりだったのだ。

就職してから今まで二回、同窓会があったが、私はすべてそれを理由に欠席している。だけど、今年はその手は使えない。

何せ私は現在、無職だから！

それというのも、元彼である祥太郎のせいだ。

どうもあいつは、私と同じ職場で働いているのが嫌だったらしい。私だって嫌だが我慢していたのに、よりによってあいつは会社で私がストーカーだと言いふらした。それだけならまだしも、ことあるごとに嫌がらせまでしてきたので、私はちょっとしたトラブルを起こしてしまったのだ。そんなことが続き、私は勢いで会社を辞めた。

ありがたいことに次の職場は決まっている。

ただ、転職先での勤務は、九月から。それまでの間、毎日自宅で何もしないでいると、後ろ向きなことばかり考えてしまうので、気晴らしも兼ねて同窓会に参加することにしたのだ。

何かやることがあると気持ちが切りかわる。

久しぶりに髪を切ったり、この日のために服を新調したりした。

不思議なもので、それだけで気持ちは浮上してくれる。我ながら単純だ。


綾香と約束した時間に少し遅れて、ホテルの入口に着いた。

「利音。こっちこっち！」

「綾香！」

ホテルの前に立つ綾香をみつけて、小走りに駆け寄る。

彼女は可愛い女性だ。特に大きな目と小さく柔らかそうな唇に男性は庇護欲《ひごよく》をそそられるらしい。

今日も、可愛らしいワンピースを着て手を振っている。

「ごめん、遅れた」

私は、両手を合わせ綾香に謝る。

「本当、相変わらずの遅刻常習犯ね。そんなんで仕事大丈夫なわけ？」

綾香は、その可愛い顔に似合わず、言いたいことをズバズバ言う。

「仕事の時は遅刻しないわよ……」

ずっとホテルの前に居るわけにもいかないので、私たちは会場へ向かうことにした。

同窓会の会場は、ホテルの最上階にあるバンケットホールだ。そこから都内の風景を一望できるらしい。

私たちはエレベーターに乗り込み二十八階のボタンを押す。

お互いの今日の服についておしゃべりをしながらエレベーターを降りると、ホールの前に受付があった。

会場は軽く二百人ぐらい入れる広さがある。どうやら同窓会は立食スタイルらしい。

いやはや、なんと大規模な同窓会だろうか。

「イケメン生徒会長どこにいるかな」

綾香が会場をキョロキョロと見渡す。

「綾香、会長の顔好きだったもんね」

私は、そんな綾香に少しあきれつつも、彼女らしいと思った。

「そう、顔は凄《すご》い好みだったのよ」

今回の同窓会は同学年合同で、幹事は元生徒会のメンバー。イケメンの元生徒会長ももちろん出席するに違いない。

生徒会長のファンだった綾香はそれを楽しみに参加しているふしもある。

私は、生徒会長には興味がなかったので、他に親しかった友人が来ていないかと探し始めた。

ホールで談笑している数グループの中に知っている顔を見つける。

思わず、懐かしいなぁと声に出していた。

「あんた、前二回の同窓会には参加してなかったもんね」

「う、悪かったわよ。仕事忙しかったし」

「はいはい、言いわけは聞き飽きた」

綾香と私は仲が良かった友人たちのグループを見つけ、そちらに近寄った。

開始から十五分も過ぎれば、みんなそれぞれグループで昔話に花を咲かせる。

私も友人たちとの久々の再会に気分を良くして、お酒をがぽがぽ飲んだ。

あー、めんどくさがらないで来てよかったー。

賑《にぎ》やかな雰囲気に私の気分も高揚する。

会も半ばを過ぎかなり盛り上がってきた頃、遅れて誰か来たらしく周りが少しざわついた。

みんなにつられるように私もホールの入口に目を向ける。

誰あの人！

受付の付近に見知らぬ男性が立っていた。

数人の女性から熱い視線を受けているその男性は、身長は一八〇センチぐらい。長めの前髪を後ろに流し、サイドと襟足《えりあし》はすっきりと整えている。

体格もよく、スーツを脱いだら凄《すご》いんですっていう感じ。大人の色気が出ていて、とても同い年とは思えない。

たしかにみんながざわつくのもわかる。

「ねぇ、ねぇ。今入ってきたイケメン誰？　あんな人いたっけ？」

私は情報通で交友関係も広い綾香に尋ねた。

「狭山彰人《さやまあきと》だよ、三年生の時、隣のクラスだった。利音、知らなかったの？　あんた、本当にイケメンに興味がないんだね」

「まったく覚えてない」

彼とは同じクラスになったことがない。接点もほとんどなかったので、そんな彼の顔を私が覚えていなくても、しようがないと思う。

綾香は、狭山と二年生の時同じクラスだったらしく、詳しく彼のことを教えてくれた。

彼は高校の頃から高い身長、男前な顔立ち、高校生とは思えない色気のある低音ボイス。サッカー部に所属していて、三年の時は主将。加えて成績優秀。そんな少女マンガに出てくるようなハイスペックの持ち主として有名だったそうだ。

たしかに名前は聞いたことがあるような……

「綾香は興味がなかったの？」

イケメン好きな綾香の口から彼の名前を聞いた覚えがない気がする。それをを不思議に思い、尋ねる。

「狭山はなー。どこか病《や》んでそうなんだよねー。まあただの勘だけど」

「ふうん？」

私は狭山の顔をもう一度よく見る。

彼の切れ長な目とクールな雰囲気がそう思わせるのかもしれない。

私はイケメンに興味がなかったし、他に好きな人がいたから狭山のことはあまり印象にない。

けれど綾香の話を聞いて、私は彼と一度だけ話したことがあるのを思い出した。


あれは、高校三年生の時。私が当時好きだった人に彼女ができて、柄《がら》にもなく落ち込んだ日のことだ。

悔しくて悲しくて、放課後ずっと教室で泣いてた。

その時、偶然教室の前を通りかかった男子がなぜか私に話しかけてきたのだ。

「大丈夫ですか？」

ほっといてくれればいいのに、声をかけてくるのがうっとうしくて、気持ちに余裕のない私は声を荒らげた。

「関係ないんだからほっといて！」

キッと睨《にら》んで言ったのに、彼は失恋なんてたいしたことじゃないから大丈夫だと笑った。その綺麗でモテそうな顔に腹が立った。

「貴方みたいにモテる人間に、私の気持ちがわかるわけないでしょ！」

そう言って、私はその男子に八つ当たりをしたのだ。


はっきりと思い出した。あの男子が狭山だ。あまりに自分勝手な振る舞いが恥ずかしすぎて、私の中でなかったことにしてた。

狭山は、教室で一人俯《うつむ》いている女子を気にかけてわざわざ声をかけてくれたのに、八つ当たりするなんて。

その上、そのことを記憶の彼方《かなた》に追いやって、顔も忘れるなんて……

どこまでも最低な女だな、私。


「利音？」

綾香に話しかけられて、我に返った。

「あ、ごめん。ちょっとボーっとしてた」

ぼんやりと狭山とのことを考えて反省していたら、いつの間にか閉会の時間になっていた。

「二次会、行くでしょ？」

人でごったがえす会場の入口がすくのを待ちながら綾香に問われる。

「どうしよう……」

〝かな〟と、続くはずだった言葉を綾香は聞いてくれなかった。迫力のある微笑みを向けられ、有無を言わさず手を掴まれる。

「はい、参加させていただきます」

無理にさからうことはせず、私は頷《うなず》いた。

まぁ、別に明日は日曜日で、特に予定があるわけではない。そもそも無職なので、明日が平日でも予定はないんだけどね。

せっかくだし、もう少しこの楽しい雰囲気の中にいよう。

帰ったら盛り上がった反動で嫌なことを思い出し、寂しくて泣き出してしまいそうだ。

元彼に未練があるわけではないのだが、一人で居るとどうしても気持ちが塞《ふさ》いでしまう。

私は綾香の手を掴み返し、歩き出した。

「おーい、熊谷。お前一人で大丈夫か？」

「だーいじょぶ、だーいじょうぶ！」

私は千鳥足《ちどりあし》になりながら、トイレに向かった。

隠れ家風のイタリアンバルでの二次会も楽しかった。時刻はすでに夜の十時をまわっている。

二次会は何グループかに分かれたため、このバルに居るのは二十人くらいだ。

いっぱい居すぎても全員と会話ができるわけではないし、一部屋に収まるぐらいの今の人数のほうが個人的にはありがたい。

もっとも全員一次会から飲み続けているので、大半は完璧な酔っ払いだ。少人数になったからといってまともに話ができているかは怪しい。かくいう私もかなり酔っていて……

トイレに行ったため少し落ち着いたけれど、なんとなく暑苦しい。

私は一度外の空気を吸おうと出入口へ向かった。

酔って身体がほてっているからか、少し肌寒い。人肌が恋しいなぁ……と温《ぬく》もりを求めたくなった。

「うわっ」

物思いに耽《ふけ》りながら歩いていたら、思いっきり足を捻《ひね》った。お酒のせいで足がよろけ、ふんばりがきかなかったのだ。

身体が傾《かたむ》き、転びそうになったところを誰かの手に支えられた。

私の腰を支えてくれる腕は太く力強い。

誰なのかと、振り向いた先に居たのは……

「さやま？」

一次会で注目の的《まと》になっていた狭山だった。あきれているのか、片眉を上げて不機嫌そうな顔をしている。

「えぇ、狭山ですよ。たく、俺がいなかったら転んでましたよ。それに部屋はこっちじゃありませんよ」

「へへ、本当なんだ。敬語使うクセー」

私は支えてもらったお礼も言わず、狭山に絡《から》む。

詳しくは知らないけど、狭山は敬語で話す癖があるのだそうだ。

男前のサッカー部主将なんて女友達が多くて軽そうなイメージがあるのに、品行方正な優等生。だからなのか、目立つ人なんか好きじゃない、というような女子ですら、狭山に熱い視線を送っていたと綾香が教えてくれた。

今もモテてるんだろうなー。

私は狭山の肩を軽く叩きながら笑った。

間近で見れば、その端整な顔立ちがわかる。鼻梁《びりょう》は高く、長い睫《まつげ》に切れ長な瞳。「病《や》んでそう」という綾香の言葉を聞いたせいか、どこか冷たそうな印象を受けた。

「ほら、戻りますよ」

狭山はため息をつくと、私の指を掴んで自分の肩から下ろした。

「い、や」

「はぁ?」

狭山は眉間に皺《しわ》を寄せ、怪訝《けげん》な顔をする。

それでも顔は綺麗なままだ。

腰に回っている狭山の腕が熱いような気がする。

スーツ越しにもわかる、筋肉がついた逞《たくま》しい腕、そして厚い胸板。

その温《ぬく》もりが離れていくことがどうしようもなく寂しいのは、全部全部お酒のせいだ。

「外の空気、吸いに行くの……」

逃げるように店の廊下を歩き出せば、狭山が後ろからついてくる気配がした。

別についてこなくても大丈夫なのに、そう思いながらも私は嬉しくなった。

誰かが心配してくれるのは、自分が一人じゃない証拠だと思うから。

お店の外に出て、出入口より少し左に立つと狭山が隣に並んだ。

私は身体をぐっと伸ばし、狭山のほうは見ずに前の道を見つめながら言う。

「狭山ってさ、人肌恋しくなったりすることある？」

「……突然なんですか？　藪《やぶ》から棒《ぼう》に」

狭山のあきれた声に、私も自分は何を口走っているのだろうとおかしくなる。くすっと少し笑った。これも酔っているせいだ。

「夏の終わりってさ、なんだか寂しいなと思って。……寂しいんだ」

二十八歳にもなって子どもみたいなことを言っている。それでもこのぽっかりと空いた心の隙間うように。

他愛のない話のつもりだったのに、やけに掠《かす》れた声になってしまった。まるで本音が漏れたといを埋めたかった。

狭山からの返答は聞こえない。

だんだんと居たたまれなくなってきて、隣に居る狭山を見上げた。

店のライトに照らされて、狭山が眉間に皺《しわ》を寄せているのがわかった。

ごまかすように『なんてね。冗談だよ……』と言う前に、狭山の指が私の頬を擦《こす》り、唇を撫《な》でた。

その行為に思わず小さく「あっ……」と声を漏らす。

「男の前で寂しいなんて言う貴女が悪いんですよ」

狭山の目が細くなり、獲物を狙うように私を見つめる。

「いったん店に戻って荷物を取ってきます。貴女の鞄、どんなのですか?」

「え、……っとクリーム色の鞄。今着てるワンピースと同じオレンジ色のコサージュがついてる」

狭山の言葉に、私は素直に答えた。

「わかりました。俺が取ってきますから、此処《ここ》にいてください。他の男にひっかけられても、ついて行ったらだめですよ。もし、待っていなかったらお仕置きですからね」

お仕置きとはいったい……

私はぼんやりと狭山の背中を見送った。

五分もしないうちに狭山は私の鞄を持って店を出てくる。鞄を受け取ろうとしたが、まるで人質だというみたいに返してくれない。かわりに狭山は私の腰に手を回し、歩くように促《うなが》した。

綾香に何も言わずに出てきてしまった。後で連絡しておかないといけない。

二次会の会費は最初に支払っているので問題ないと思うけど、追加徴収があったらどうしよう。

そんな関係ないことばかりが頭の中を巡る。

狭山は途中でコンビニに寄った後、繁華街を抜けて近くのビジネスホテルへ入った。

ラブホテルではなかったことに少しホッとする。

狭山が受付でカードキーを受け取り、また私の腰に手を回してエレベーターに乗り込む。

なぜだか彼は私を離そうとしない。しかもちょっと強めに抱いてくるので苦しい。

私が逃げるとでも思っているのだろうか。

たしかにだんだん頭が冷えてくると、今の状況に戸惑いを感じ始めていた。

逃げ出したい気持ちがないわけではない。

でも、狭山の言うように「寂しい」と口に出したのは私だ。このまま誰もいない部屋に帰るのは嫌だった。

それに、お酒のせいで現実感がなかったとはいえ、狭山と二次会を脱け出すことの意味がわかっていなかったわけじゃない。私は彼の優しさを期待したのだ。

エレベーターの中で横に立つ狭山を見上げる。

やっぱイケメンだなーなんて再認識していると、私の視線に気づいた狭山が唇を寄せてきた。

「んんっ」

冷え始めていた頭が、また熱を持つ。

「欲しそうにしてましたからね」

耳元で色気を含んだ声が響き、私は自分の腰がむずむずと動くのを感じた。

触れるだけのキスでこんなに反応してしまうのなら、深いキスをされたらどうなってしまうのだろう。


エレベーターを降りて、部屋に入った瞬間――

身体を壁に押しつけられて唇を塞《ふさ》がれた。

猛獣《もうじゅう》に食べられているような錯覚に陥《おちい》るほどに、荒々しい口付け。すでになけなしになっていた理性が吹き飛んでいく。

狭山は左手で私の腕を掴み、右手で私の頬を撫《な》でた。頬を撫《な》でていた手はやがて後頭部に回る。髪につけていたコサージュが揺れて、落ちた。

「んぁ」

狭山の肉厚で熱い舌が口腔《こうこう》へと侵入してくる。思わず逃げようとした私の舌は彼の舌に絡《から》めとられた。

舌の付け根を扱《しご》かれ、久しぶりの官能に身体が勝手に疼《うず》く。

「んっ、あ、はぁ……」

「……ほら、舌をもっと出しなさい」

「んぁ、っ」

思わず言われた通りに舌を突き出せば、狭山はいい子だというように目を細めながら私の舌を吸った。

口を閉じることができず、唾液《だえき》が下へと滴《したた》り落ちていく。

口付けが、こんなに気持ちがいいなんて知らなかった。

私は狭山の腕に自分の腕を絡《から》めて縋《すが》った。

「さ、やまぁ」

知らずに甘い声が漏れる。

身体が熱くて逆上《のぼ》せそうだ。

「んっ、なんですか？　もっと欲しいんでしょう」

狭山はひどく楽しそうな声で言う。

私は目に涙を溜《た》めながら彼を睨《にら》んだ。

私がどうしたいのかわかってるくせに、気づいてるくせに！

早く狭山の素肌に触れたかった。

なのに彼からは動いてくれない、キスばかり執拗《しつよう》にしてくる。

狭山のキスは気持ちがいい。嫌なんかじゃない。嫌なんかじゃないけど、これじゃあ物足りないよ……

「ほら、お強請《ねだ》りはちゃんと言葉にしないとわかりませんよ」

狭山は楽しそうに笑う。

「……っ、意地悪」

何よ……、こいつ意地悪だ。私から言わないと絶対にしてくれない気がする。

一瞬の逡巡《しゅんじゅん》。

けれど、傷つけられ空《から》っぽになった心に、身体に、熱が欲しかった。

身体だけでも誰かに必要とされたい。一人ではないと教えてほしい。

そうでないと、全てが散り散りになって弾けて、消えてしまいそうだ。

あぁ、なんで私はこんなに弱くてずるくて卑怯者《ひきょうもの》なんだろう。狭山を利用して寂しさを埋めようなんて……

心の隅にある罪悪感。

後ろめたくて、目を閉じる。でもすぐにもう一度、視線を彼に向けた。

狭山は何を考えているのか、優しそうな笑みを浮かべて私を見ている。

先ほどまでの意地悪な笑みのほうがまだ耐えられた。

こんなふうに、大事なものを見るように見られたら、狭山に縋《すが》ってもいいんだと許された気になってしまう。

私は狭山の首に両腕を回して抱きついた。

「が、まん、できないから……お願い……！」

掠《かす》れる声で狭山の耳元に囁《ささや》きながら、身体を彼に擦《こす》りつける。

「まぁ、今日はそれでいいでしょう」

何か足りなかったのか、彼は少し不満そうだった。

けれど、今の私にはこれが限界だ。

私の臀部《でんぶ》に逞《たくま》しい腕が回り、足が浮いた。

狭山は子どもを抱っこするように、私を軽々と抱きかかえる。

私は、標準体重より少し重めなのに。

自分の両腕を狭山の首に、両足を腰に巻きつけると、履いていたピンクのパンプスが足から落ちてカツンと音を立てた。

狭山は私をベッドに運ぶ。移動しながらも、ちゅっちゅっと音を立てて頬や唇に口付けをした。

キスしづらくないのかなと思うけれど、私だってやめるつもりはない。

こんな心を揺さぶられる口付けを人生で何回体験できるだろうか。もしかしたらこれが最後の可能性だってある。

それならば、少しでも長くこの甘い口付けを受けていたい。

蕩《とろ》けるそれを酸欠になりかけるほど何度も繰り返した。

狭山は口付けに夢中になっていて、なかなか前に進まない。

時間をかけて私たちはダブルベッドにたどりついた。

狭山は名残惜《なごりお》しそうに唇を離しながら、そっと私をベッドに座らせた。そして自分はスーツのジャケットを脱ぐ。

「……っ、ふぁ」

解放された唇から吐息が漏れる。

「まったく、そんな顔をして」

そんな顔ってどんな顔なのか、私にはわからない。

狭山の目に情欲が宿っている。

まるで彼から本当に愛されているように感じて、涙が出そうになった。

もちろんそれは私の思い込み。どうしようもなく自分勝手な勘違いだ。

きっと狭山は弱っている人をほうっておけないだけ。高校の時に泣いている私を無視できなくて声をかけたみたいに、今回も声をかけてくれた。

それでも今こうして、愛しげに頭を撫《な》でる腕や、啄《ついば》むように首筋を舐める舌は現実のものだ。

私は狭山の温《ぬく》もりに縋《すが》った。

狭山は息だけで笑い、上半身を屈《かが》めて〝ずん〟と私の首筋のにおいを嗅《か》ぐ。そして、顎《あご》から首筋を往復するように何度もざらついた舌で舐めた。

「んっ、いや」

くすぐったくて、思わず彼の身体を軽く押し返す。

「余裕ですね」

狭山はそう呟《つぶや》いて、もう何度目になるかわからないキスをした。

「そんな、ことっ、んんっ……ないよ」

私が答えると、狭山は慣れた手つきで私のワンピースのファスナーを下ろす。

熱くなった身体が外気に触れ、ひんやりとして気持ちがいい。

その隙間から、狭山の手が入りこんできた。私は小さな声を上げる。

ブラのホックを外して、狭山は首筋から鎖骨、胸元へ舌を這わせた。

ぬるぬるとした舌が私の全てを知り尽くそうとするように丹念《たんねん》に舐めていく。

ワンピースの袖から腕を抜かれて、上半身裸にされた。性急に身体を押し倒される。

ほてった身体には、冷たいシーツが気持ちいい。

狭山は私に覆《おお》いかぶさりながら、掬《すく》うように胸に触れた。それだけで私の口から甘ったるい声が漏れる。

「はぁ、んっ」

「揉《も》みがいのある胸ですね」

狭山が目を細めて言う。その嬉しそうな顔から私は目を逸《そ》らした。

「うるっ……、さい……」

胸が大きいのはコンプレックスだ。そんなこと言われても嬉しくなかった。

胸が大きいことでどれほど恥ずかしい思いをしたことか。

服だって袖や肩幅はちょうどいいのに胸だけ入らなかったり、ボタンが弾けて飛んでしまったり。

拗《す》ねる私を見て、ますます狭山は楽しそうだ。

彼から視線を外したお仕置きだとでもいうように胸の頂《いただき》を甘噛《あまが》みされる。

私はいっそう高い声を上げた。

「ひぃっ！　ひゃ、い、きなりぃ」

甘噛《あまが》みされた頂《いただき》が、今度は舌先で舐《ねぶ》られた。わざと音を立てているのか、胸を吸う音がやけに大きく響く。

「はぁ、あぁっ……」

狭山は乳輪をなぞるように舐めてから、緩急をつけて頂《いただき》を嬲《なぶ》り、また甘噛《あまが》みした。もう片方の胸も、指の腹でこりこりと捏《こ》ねられる。

胸を弄《いじ》られただけで達しそうになるぐらい快楽を感じ、腰がびくびくと動いた。

最後に胸を押し潰すように舐めてから、狭山の唇が離れた。

私の胸は彼の唾液《だえき》でぬるぬるになっている。

そこに突然息を吹きかけられた。ひんやりした快感に「ひん」と声を出してしまう。

両胸の頂《いただき》を指の腹でぐりぐりと弄《いじ》りながら、再び胸の間に狭山が顔を埋めた。そして胸の周りに口付けを落とす。

時折ピリっとした痛みがあるが、それすら快楽に変わる。

喘《あえ》ぎ声を上げながら、私は狭山がくれる快楽を受け取った。

あまりに強い快感になぜか恐怖を感じる。

「も、いやぁ……！　ひぁあ」

逃げようとして身体をずらしかけるが、狭山が全身で圧《の》し掛《か》かり阻《はば》んだ。

痛くはないが、少し重い。

彼の重さを心地良いと感じている。それが妙に悔しかった。

その間も狭山は胸を弄《いじ》り続けている。さらに首筋や顎《あご》にちゅっと口付け、唇の角度を変えながら啄《ついば》む。

「いや、じゃないでしょ。ほら、ちゃんといいって言いなさい」

「んぁあ、やぁ」

悦楽に溺《おぼ》れる自分が情けなくて、いやいやと首を横に振った。

今までこんなふうに感じたことはない。

身体がどんどん狭山に作り変えられていっている気がして怖い。

まだ胸しか弄《いじ》られていないのに、全身が溶けきっているようだ。

「まったく、しかたのない人ですね」

私が翻弄《ほんろう》されているのが楽しいらしく、狭山は耳元でそう囁《ささや》くと耳朶《じだ》を舌で嬲《なぶ》った。生温かい舌が耳の穴をゆっくり行き来する感覚に身体が震えた。

「ひぃ、や、耳いやぁ」

「耳が弱いんですね。あぁ、耳もでしたね。貴女の身体はどこも敏感ですから」

そう言って狭山は恍惚《こうこつ》とした表情を浮かべた。

私はふと、狭山がまだシャツを着たままだということに気づいた。

彼の胸をぐっと両手で押すと、狭山は身体を起こす。

そして「どうした?」という顔をしながら緩く首を傾《かたむ》けた。

それが心を許した恋人に見せる仕草みたいに感じて、私の心は温かくなる。たったそれだけで私の心の隙間が埋まっていくような気がした。

そっと狭山のシャツに触れて、ボタンを一つ一つ外していく。

するとごつごつした指が私の顎《あご》をとらえて、キスをしてきた。

「んー……」

「ほら、はやく脱がせてください」

私がボタンに手をかけると、狭山はまたキスをしかけてくる。

そのたびに私の手は止まってしまった。

「うご、んんっ、か、ないで」

邪魔をしているのは狭山なのに、彼はにやにやと笑いながら「はやく」と再び私を急《せ》かす。

手伝ってくれてもいいのにと軽く睨《にら》んだら、さらに深いキスをされた。

舌先が触れ合い、じゅるっと淫《みだ》らな音が響く。口蓋《こうがい》や頬裏を丹念《たんねん》に舐められて、また脳が蕩《とろ》けてしまいそうだと思った。

酸欠になりながらもなんとかボタンを全て外し終える。

目の前に現れた胸板にそっと触れた。思っていた通りの綺麗な筋肉がついた逞《たくま》しい身体。

細すぎるわけでも、筋肉がつきすぎているわけでもない。ギリシア彫刻のような体躯《たいく》に胸がときめく。

「どうしました？」

まじまじと見ている私を訝《いぶか》しく思ったのか、狭山が不思議そうに聞いてくる。

私は黙って胸板に口付けした。

「ん、ちゅ」

何度もキスをしながら、シャツを羽織《はお》ったままの狭山から服をはぎとった。

現れた裸の上半身を抱き締め素肌と素肌をくっつけながら、浮き彫りになった鎖骨に舌を這わせる。

「はぁ……今度は、貴女が楽しませてくれるんですかね」

小さな吐息と笑い声が頭上から降ってきた。

彼の声に応《こた》えるように鎖骨から胸、そして臍《へそ》へ舌を這わせる。私は次第に大胆になり、痕《あと》をつけるように強く吸った。

狭山はその行為を止めようとはせずに、私の頭を撫《な》でる。

痕《あと》をつけても怒らないということは、今彼に特定の相手はいないのかもしれない。もし彼女や、そういう関係の人がいれば痕《あと》はつけさせないだろう。

まぁ、狭山のような真面目そうなタイプが浮気をするなんてありえないと思っているけれど……酔っているからといって、私だって相手がいる人に縋《すが》ったりしたくない。

「上手ですね。いいですよ」

狭山の声が掠《かす》れていて、彼も感じていることがよくわかった。

私も乱されたのだから、狭山ももっと乱れればいい。もっと感じて、私のことしか考えられないぐらいになればいいのに。

ただ舐めているだけで、自分の奥から蜜が溢《あふ》れてきているのを感じた。

そっと狭山のそれを見つめると、脱がなくてもわかるぐらいに大きくなっている。そこに手を添えて撫《な》でた。

狭山が私に欲情していると思うと喜びが湧き上がり、背中をぞわぞわとした快感が駆ける。

「まだ、ですよ」

早く欲しいって訴えたのに、狭山は私の手を掴んだ。

そして形勢逆転というふうに私をシーツの上に押し倒して、覆《おお》いかぶさる。

狭山のきっちり整った髪が崩れ始めていて、艶《なまめ》かしい。

狭山の手が私の太ももをなぞった。大きい手の感触が熱くて気持ちいい。

「はぁ……」

ただ撫《な》でられただけで息が上がってしまう。

狭山を見上げると、彼は私から視線を外さず舌舐めずりをした。

無意識であろう狭山の仕草に色気を感じ、私の息が止まる。

その隙に狭山は私のワンピースを完全に脱がし、さらにストッキングを脱がした。

下着の上から秘所を撫《な》でられ、我慢しきれず声が零《こぼ》れる。

「ひぃああ」

「あぁ、もうこんなに濡れてますね。凄《すご》い音がしますよ」

ゆっくりと念入りにそこを擦《こす》られて、焦《じ》らされる。

すでに下着はぐっしょりと濡れていて、狭山が撫《な》でるたびにぐちゅぐちゅと音がした。

気持ち良さと、もっと欲しいという欲望で腰が動く。我慢できない。

「んぁ、はぁ、ああ」

自分でもおかしいと思うくらい感じていた。

元彼としてた時に、こんなに濡れたこともこんなに快楽に溺《おぼ》れたこともなかった。頭がおかしくなりそうなほど気持ちいいと感じたこともない。

突然下着がずらされ、ぬぷっと指を挿入された。

意識を他にやっていた私は驚いて、嬌声《きょうせい》を上げる。

「あぁあああ」

「軽くイキましたね」

狭山は笑いながら言った。そして、中を確かめるように指を動かす。

「ひ、んんぁ。あっ、あぁあ」

男らしい指で膣壁をぐにぐにと擦《こす》られると、身体の奥が甘く疼《うず》く。

イッてしまったばかりだというのに、息を整える暇もない。さらに強い刺激を与えられ、翻弄《ほんろう》され始めた。

ぞわぞわと背中に甘い痺《しび》れが駆け上がり、私は逆上《のぼ》せた頭を何度も振る。それなのに狭山の行為はただただ激しさを増す。

「俺と居るのに、他の男のことを考えていませんでしたか？　お仕置きですよ」

そう言って狭山は、一本だった指を二本に増やし媚肉を広げた。私の奥からとろとろになった蜜が溢《あふ》れ出てくる。

「ひぅっ、も、やぁっ、激し……っ」

「これぐらい、激しいうちに入りませんよ」

狭山は色気を含んだ笑みを浮かべる。

これが激しくないのなら、彼にとっての激しい行為とはどういうものなのか。

息も絶え絶えに、私はただひたすら愛撫を受けた。

狭山は指を動かしながら、もう片方の手で充血した花芯を軽く押し潰す。

身体がびくりと動いて、頭が真っ白になりそうな快感が襲う。

狭山の愛撫は止《とど》まることを知らない。

私は足先でシーツを掻《か》いて、迫《せ》り上がってくる甘い疼《うず》きから逃れようとした。

「んあぁあ、あっ、だ、め、今だめぇ」

「嘘つきですね。気持ちが良くて蕩《とろ》けそうな目をしているくせに」

〝そんなことない〟と訴えるように両手で自分の顔を覆《おお》う。けれど、優しく膣壁を擦《こす》られているだけで頭が焼き切れそうだ。

「んんっ、ふぁあ」

声を堪《こら》えようと下唇を噛《か》むが、それでも喘《あえ》ぎ声は漏れていくばかり。

「一度、イキましょうか」

「えぇ？」

狭山がいったい何を言っているのかわからなくて、自分の顔を覆《おお》っていた手を外した。目に映った彼は楽しそうに笑っている。

その笑みの意味を理解した時には、花芯をぐりぐりと押し潰されていた。思わず逃げようとしたが、さらに激しく指を動かされて、腰に力が入らない。

「貴女は優しくするより、少し強いぐらいのほうが感じるようですね。愛撫のしがいがありますよ」

彼は、強請《ねだ》るように膨《ふく》らんだ花芯をぐりぐり押し潰し、指で摘まんで何度も扱《しご》く。

私は頭を振りながら、柔らかいシーツをぎゅうっと握り締めた。

「ひっ、や、あぁ、あぁあああっ」

背中を弓なりに反らし、一際高い嬌声《きょうせい》を上げて達する。頭が真っ白になって、身体はぐったりとベッドに沈んだ。

荒い息を繰り返しながら、ぼんやりと狭山の顔を見た。

「イッたみたいですね。可愛い声を上げて、そんなに気持ちが良かったんですか？」

狭山の声は笑っているが、瞳の奥にはいまだ冷めていない欲望がある。

イッたのは私だけで、彼はまだなんだから当たり前だ。

私の蜜でどろどろになった指が引き抜かれ、じゅぷっと卑猥《ひわい》な音が零《こぼ》れた。

狭山は私に見せつけるように、自分の指についた蜜を舐めとる。

それを見て達したばかりのそこがまた疼《うず》き出した。けれど身体は倦怠感《けんたいかん》で動かない。

狭山は一度私から離れた。

今まで感じていた熱さが急に失われて、少し肌寒い。

視界から外れた場所でガチャッとベルトが床に落ちる音が聞こえる。

続いて、ガサガサというビニールの音と袋を破く音がした。

ベッドに戻って来た狭山は、私の両足をかかえ込みながら覆《おお》いかぶさってきた。濡れそぼった蜜口に、欲望で昂《たか》ぶったものを主張するようにゆるゆると擦《こす》りつける。

「はっ、あぁ……っ」

「ひくついていますね。挿《い》れて欲しいですか？」

熱い息を吐きながらそんなことを言う狭山を見つめる。

この状況で、挿《い》れて欲しくないと言葉にできる女性がどれだけ居るのか。

どこかには居るかもしれないが、私には無理だ。

これ以上焦《じ》らさないでほしい。

蕩《とろ》けたそこに屹立《きつりつ》した熱い肉茎を擦《こす》りつけられると、身体の疼《うず》きが激しくなる。

それに、早く狭山に私を感じてほしかった。

彼はどんな声を出し、どんな顔をするんだろう。

乱れる狭山の姿が見たい。

「は、やく……！　挿《い》れ、てよ」

息を短く吐きながら涙目で言葉にすると、彼は蕩《とろ》けるような笑みを浮かべた。

この人はこんなふうにも笑うんだ。

その笑顔を見たら私の心まで温かくなって、つられるように笑った。

狭山は秘所の入口に硬い先端を押し当てて、ゆっくりと膣壁を押し広げる。

久しぶりに受け入れたからなのか、引っ張られるような感覚がして、苦しい。

「はぁ、キツ、いですね」

艶《つや》っぽい声で狭山が呻《うめ》く。

私は口を開くが言葉にならず、ただ息を吐いた。余裕がなくて苦しいのに、なぜかその熱い肉茎は身体に馴染《なじ》む。

甘い喘《あえ》ぎ声が漏れた。

「あぁあっ、くぅ……、あああ」

こんなに声を出し続けたら、きっと喉を痛めてしまう。

狭山は私の腰を掴み、奥に奥にと押し進んだ。そして彼の腰が私の素肌にぴったりとくっつく。

「あぁ、奥まで入りましたね。わかりますか」

「や、あぁっ……くる、しい……」

圧迫感で痛いぐらいに苦しい。

けれど、それが嫌だとは思わなかった。

愛液が滴《したた》り滑りやすくなっているそこに、じゅぷっと淫猥《いんわい》な音を出しながら肉茎が抽挿《ちゅうそう》される。

その動きにあわせて甘い声が出た。

狭山は自分の形を私に覚えさせるかのように緩慢《かんまん》に動く。そして最奥を穿《うが》つたびに私の腰を揺すった。

耳元で狭山の掠《かす》れた息が響くと、無意識に肉茎を締めつけてしまう。

彼の息遣いはますます色気を帯び、私の頭の中を侵食していく。

膣壁を擦《こす》る熱に煽《あお》られ、私は思わず狭山の背中に手を回した。素肌と素肌がさらに密着する。

彼が動くたびに敏感な部分が刺激され、いっそう身体がほてった。

そのあまりの快楽に、狭山の背に縋《すが》った腕に力が入り、私の爪が狭山の背中にくいこんだ。

「っつ……」

狭山は眉間に皺《しわ》を寄せ、小さな声を上げる。

「あっ、……ご、ごめっ……、んっ!?」

とっさに謝罪したけれど、狭山は最後まで言わせてくれず、私の唇を塞《ふさ》ぐ。貪《むさぼ》るように何度も唇を吸い、少し空いた隙間からにゅるっと舌が侵入してきた。

唾液《だえき》を交換するような深い口付けを、飽きることなく続ける。

その間も抽挿《ちゅうそう》は繰り返され、ねっとりとした粘着質な音が響く。

「はぁっ、だめ、もうっ、だめぇ」

首を振って口付けからは逃れたものの、膣内には肉茎が挿入されたままだ。擦《こす》られると泣きたくなるぐらいの悦楽が湧き上がる。

「またイクんですね。いいですよ、イッてください」

艶《つや》やかな声で囁《ささや》きながら、狭山はさらに激しく動いた。

ぐじゅぐじゅと厭《いや》らしい水音とベッドの軋《きし》む音が私を絶頂へ導く。

勢いよく奥まで打ち込まれた瞬間、今まで感じたことがない愉悦《ゆえつ》が私を呑み込んだ。

「いや、や、やっ、ぁあ、あぁああああっ……！」

絶頂に達する瞬間、彼の背中にまた爪を立ててしまった。

狭山の腰に両足を思いきり絡《から》ませて強く強く抱きつく。膣内を蠢《うごめ》く太い楔《くさび》を締めつけてしまったせいか、狭山の顔が少し歪《ゆが》んだ。

私はびくびくと身体を痙攣《けいれん》させた後、ぐったりと両手と両足をシーツへ投げ出す。

少し休みたいと思ったけれど、中を圧迫しているものはまだ硬度を保ったままだった。

「ひっ、待って……！　ちょっと、待ってぇ」

「無理ですね」

せめて息が整うまで待って欲しかったのに、却下される。

私のためだった愛撫が、今度は狭山自身の欲望を解放するための動きに変化した。

私の中のそれはさらに質量を増す。

敏感な身体はまた絶頂へ連れていかれる。

「んはぁ、ん」

しつこく唇を啄《ついば》まれて、酸欠になるほど口内を舐《ねぶ》られる。唾液《だえき》が頬を伝うのも構わず、狭山の腰の動きは激しいまま。

「くっ……！」

私の身体を抱き締めている狭山の重さを、今さらながら感じる。

質量が増したそれが限界に達した瞬間、狭山は身体を強張《こわば》らせた。

「は、……ぁ……」

狭山が爆《は》ぜてすぐに私も絶頂を迎える。

狭山は達した後もマーキングするように膣内を擦《こす》っていたけれど、私はもう意識を保ってはいられなかった。


暗闇の中で私が泣いている。

何も持っていない、何もない、私に価値はないと喚《わめ》いている。

寒さで震えていた身体がふいに温かくなった。

重たい瞼《まぶた》を開けた時、身体にまとわりついていた温《ぬく》もりの正体が目に入る。

視線をゆっくり動かすと、狭山の寝顔が視界に入った。

「……っ」

驚いて息を呑んだ。

そうだ、昨日の夜……

朝近くまで狭山としていたことを思い出して頭をかかえる。狭山が起きないように注意して上半身を起こし、悶《もだ》えた。

コレはひどい……！　なんて醜態《しゅうたい》を晒《さら》したんだ私は！　穴があったら入りたい。

いくら酔った勢いとはいえ、同窓生とこんな関係になるなんて。

私に巻きついていた狭山の腕を見ながら小さくため息をついた。

男らしい腕、この腕に守られる女性は幸せだろうな。

逡巡《しゅんじゅん》してからそっと狭山の頬を撫《な》でて、ベッドから降りた。床に落とされたワンピースや下着を取りシャワー室へ向かう。

久しぶりだったから、腰や足が痛い。けれど心は温かかった。

汗を流そうとシャワーを浴び、髪の毛を乾かしてから洗面所を出た。

ベッドのほうに視線を向けると、まだ狭山は寝ている。

顔を合わせるのは恥ずかしかったので、そのほうが都合がいい。

椅子に座ってスマホで時間を見ると、朝の八時。チェックアウトは十時のはずだから狭山は寝かせておいたままでも大丈夫だろう。

手早く化粧をする。

ふと地面に落ちているビニール袋が目に入った。

中には避妊具の箱が入っている。

そこで昨夜ホテルに来る前に狭山がコンビニに寄っていたことを思い出した。

私は狭山が眠るベッドに腰を下ろして、彼の乱れた髪を撫《な》でる。

「あどけない顔……」

この人は眠るとこんなにあどけない顔になるんだ。起きている時は、切れ長の目のせいか、冷たい印象を受けるのに……

これは限られた人しか知らない顔だろう。

そう思うとくすぐったい気持ちになった。

狭山の前髪をかきわけて、額に唇を落とす。

「ありがとう」

こんなバカな女に優しくしてくれて――小さな声でそう呟《つぶや》いた。

ホテルに備え付けられたメモ帳に、ボールペンでメッセージを残す。財布の中からお金を出して、机に置いた。

肩に鞄をかけて、最後にもう一度狭山を見てそっと部屋を出る。

メモに残したのはたった二言。


ごめんね、ありがとう――

第二章

同窓会から数日経った九月初旬。

明日からは新しい会社での仕事が始まる。

翌日の支度を終えて、私は一息つくために珈琲《コーヒー》を淹《い》れた。

インスタントなので香りは控えめだが、手軽だしそれなりに美味《おい》しいので重宝している。

明日のことを思うと緊張してくる。

シンプルなオフィスカジュアルスタイルの服はアイロンをかけて吊るしてあるし、鞄に必要なものも入れた。

朝起きて朝食をとり、出勤するだけという状態になっている。

……なってはいるが、どうも心配になり、忘れ物がないか何度も確認してしまう。

そんなことばかりやっていて疲れてしまった。

今日は早めに寝よう。

珈琲《コーヒー》を飲み終えて歯をみがき、ベッドに入った。

目覚ましをセットして布団に潜《もぐ》り、瞼《まぶた》を閉じる。

ふと狭山のことを思い出した。

共通の友達はほぼいない。お互いの連絡先も知らない。

同窓会に行かなければ二度と会うことはないだろう。

それを寂しいと思うのは間違っている。これ以上、迷惑をかけるわけにはいかない。

一晩だけの優しさでも、私は十分元気をもらったのだ。

明日から頑張ろうと思いながら、私は眠りに落ちていった。


翌朝——

駅から徒歩十五分ほどの高層ビルの一室で、私は大勢の人間の視線を浴びている。

「この度、総務部に配属となりました熊谷利音と申します。はじめのうちは皆様にご迷惑をおかけすると思いますが、よろしくお願いいたします」

頭を下げると、拍手で迎えられた。部長の「みんなよろしく頼むよ」という声を合図に、みんなそれぞれの業務へと戻っていく。

緊張する場面が終わり、誰にも気づかれないようにホッと息をついた。

部長が私に業務を教えてくれる女性を紹介してくれる。

彼女は私を部屋の角の席に案内した。

「席は此処《ここ》を使って、この書類をデータベースに入力していってください。わからないことがあれば、聞いてくださいね。これがマニュアルです」

手作りと思われるマニュアルを手渡される。お礼を言ってさっそく指示された通りに入力を始めた。マニュアルはとてもわかりやすく、私は順調に業務をこなしていく。

最初は集中していたものの、しばらくして隣の席の女性がこちらを見ていることに気づいた。

「ねぇ、なんでウチの会社に入ったの?」

私と目が合うと、彼女は小さな声で聞いてきた。

「知り合いに紹介してもらって」

「へぇ、そうなんだ」

隣の彼女は、さほど興味が湧かなかったのか、それ以上深くはつっこんでこなかった。

実は私にこの会社を紹介してくれたのは、ここの会長である柴崎《しばざき》さんなのだ。私が前の会社で働いていた頃知り合ったのだけれど、彼にはまるで娘や孫のように可愛がってもらっている。

その縁で私が勢いで辞表を出したことを知った柴崎会長が、ならうちで働かないかと言ってくださったのだ。

もちろん、そんなずうずうしいこと、最初は断った。だけど、このご時世、なかなか再就職先が決まらない。私はそんなに余裕のある暮らしをしているわけでもなかった。結局、柴崎会長のご厚意に甘えてしまったのだ。

だから中途半端な仕事をして、会長の顔に泥を塗るなんてことしたくない。

私は気合を入れて、データ入力を再開した。

黙々と入力をこなしていると、お昼の時間になり、オフィスがざわめき始めた。席を立つ人がちらほらと出てくる。

私が辺りを見ていると、それに気づいた指導係の女性が声をかけてくれた。

「熊谷さん、キリのいいところまで終わったらお昼にしていいからね」

「わかりました」

この部署では、お昼の時間が決まっていて、全員が同じ時間にお昼をとるそうだ。

区切りのいいところまで終わらせて、ぐっと身体を伸ばす。

お昼をどうしようかと考えていると、先ほどの隣の席の女性に話しかけられた。

「ねぇ、熊谷さん」

「はい」

「お昼は、お弁当を持ってきてるの？」

「いいえ。何か買ってきて此処《ここ》で食べるか外に食べに行こうかと思っています」

私の言葉を聞いて、彼女はにっこり笑った。

仕事中に話しかけられた時も思ったが、綺麗な人だ。座っていてもわかるメリハリボディに、色気のある口元。

私は彼女に見惚《みと》れてしまう。

「そう、ならランチ一緒にしない？」

彼女は身体をこちらに乗り出して、私を誘った。少し悩んだものの、せっかく誘ってくれたのだから断るのも申しわけない。

「私でよければ」

そう答えて財布を持って席を立った。

その時、彼女の名前を聞いていないことに気がついた。


名前を尋ねるタイミングを掴めないまま、彼女のおすすめだという北欧テイストの可愛いカフェに連れて行かれる。

席について、水を一口飲んだところで彼女は自己紹介してくれた。

「私は宮守由香里《みやもりゆかり》。今の部署での仕事は今年で二年目、その前は人事部にいたの。よろしくね」

一気にそう言うと、メニューを広げて見せてくれる。

「熊谷さん何食べる？　おすすめはパスタかな」

「あ、じゃあ本日のパスタにします」

本日のパスタはカルボナーラだった。スープとサラダ、それに食後のドリンクもついて九百円。

宮守さんは、豆の入ったタコライスをチョイスした。

会社の話などをぼちぼちしながら、食事を終える。食後の珈琲《コーヒー》を飲んでいると、宮守さんが口を開いた。

「熊谷さんって年いくつ？」

「二十八ですけど」

「あ、やっぱり同い年！」

彼女は私が同い年だと知ると屈託《くったく》なく笑う。

「なんとなく同い年くらいかなーって思っていたんだよ。年が近い人、今の部署にいないんだよねー、ちょっと肩身が狭いなって思ってたから嬉しい」

楽しそうに言う宮守さんは本当に美しい。

「たしかにあそこの部署は、新人かベテラン、どちらかの方が多いですよね」

破壊力のある美人の笑顔に見とれながら私は同意した。

「そうなの。だから仲良くしてね。呼び方も宮守さんじゃなくて、由香里でいいよ」

宮守さんはそう言うが、私は本日入社の新人だ。最初くらいは丁寧な言葉遣いで話すべきだろう――と思っていたのだけれど、宮守さんは気さくな人で、彼女につられて結局フランクな話し方になってしまった。

「それじゃあ遠慮なく由香里って呼ぶね」

私が言うと、由香里も嬉しそうに笑った。

彼女とは馬が合いそうだ。時期はずれに一人で入社した私は、友人ができそうでホッとした。

ランチを終えて会社へ戻ったけれど、まだ昼休みの終了まで少し時間がある。そこで由香里に社内を軽く案内してもらった。

総務部の近くの給湯室についても説明してもらう。説明といっても、珈琲《コーヒー》や紅茶の置き場や使い方など。基本的に自分のマグカップは各自で管理していて、給湯室に置いてあるものは来客用だそうだ。

由香里と話していると、他の部署の若い女性社員が二人、給湯室に入ってきた。

「あ、宮守さんお疲れ様ですー」

「えぇ、お疲れ様」

由香里に挨拶《あいさつ》をした後、私の存在に気づいた女性社員は愛想良く話しかけてくる。

「初めてお会いする方ですよね。今日から入社した方ですかー？」

「はい、よろしくお願いします」

そう言って頭を下げた後、女性社員たちは自分の飲みものを持って給湯室を出て行こうとした。

けれど、出口付近で一際高い声を上げる。

「あ、ねぇ！　営業部の主任だよ！」

二人とも出口で足を止め、廊下を見ている。

「本当だ！　相変わらず格好良いー」

頬を染める二人を見て、その営業部の主任はよっぽど素敵な人なのかなと想像した。

「相変わらず人気ねぇ」

ため息をついてボソッと呟《つぶや》いた由香里。彼女はなんとも言えない苦々しい顔をしている。不思議に思って首を傾《かし》げると、それに気づいた由香里が教えてくれた。

「同期なのよ。一見、人当たりが良くて優しいからモテるんだけど、クセのある男でね」

由香里にそんな顔をさせる男性とは、どんな人だろう。少し興味が湧いたが、「ふうん」と答えるだけにしておいた。

すぐに午後の仕事が始まり、私は再び入力作業を続ける。その他にも覚えておかなければならない雑務などを教わっていると、あっという間に定時になった。

初日なので、残業もなく退社する。

「お疲れ様です。お先に失礼します」

教育担当の方や上司に挨拶《あいさつ》をし、エントランスへ向かった。

エレベーターを待ちながら首をぐるりと回す。思っていた以上に緊張していたのか、首が痛い。

「しゅにーん」

突然後ろから甘ったるい声が聞こえて、思わず振り返った。

もしかしたら噂のイケメン主任だろうか。

もちろん会社に主任は何人も居る。先ほどと同じ人だとはかぎらないが、あんなに甘い声で呼ばれているのだ。モテる男性に違いない。

視線を向けたけど、私の位置からは、可愛らしい女の子が頬を染めながら話している姿しか見えなかった。主任は廊下を曲がった先にいるようだ。

わざわざ見に行くほどでもないし、ちょうどエレベーターが来たのでそのまま乗り込んだ。


会社を出ると、日は落ちていたものの蒸し暑い。

九月になったとはいえ、うだるような暑さは相変わらずで辟易《へきえき》する。

中旬を過ぎるまではこの暑さに悩まされることになるのかな。

顔をしかめながら家路を急いだ。

駅へ向かう道すがら今日の夕飯は何にしようかなと考える。疲れているし簡単なものにしたい。

自宅の最寄り駅付近にあるスーパーへ寄って適当に材料を買い込み、家に向かった。

駅から徒歩十分。繁華街から一本裏通りに入った場所に、私が住む築三十年ほどのアパートがある。

一階なので防犯的な意味で多少不安はあったが、社会人になった時から住んで六年間、今のところトラブルが起きたことはない。

１ＬＤＫの私のお城。

家に入り、冷蔵庫に買ったものを入れてから、部屋着に着替える。

家では楽な格好が一番！

まだ暑いので私はTシャツに短パンというラフな格好をしている。

今日はインスタント味噌汁と半額のお刺身。それと先日綾香が泊まった時に置いていったカクテルで、夕飯を済ませた。

お風呂に入って、スキンケアを手早く済ませ、ベッドにダイブ。

疲れていて凄《すご》く眠い。

もそもそと布団に潜《もぐ》ると、すぐに意識は落ちていった。


新しい会社に入社してから一週間ほど経った。

会社が違えば業務内容も違うはずと思っていたけれど、前の会社と業種は似ているので今のところ大きな苦労はない。

上司からは「覚えが速くて助かる。さすが会長の口添えがあった人だ」と言われた。会長に恥をかかせずにすんで、少しほっとしている。

もちろん、まだ一週間だ。ちょっと慣れた時ぐらいが、一番ミスをしやすいのだから気をつけねば！

気合を入れなおして上司に頼まれた書類を営業部へ持っていく。

営業部のフロアは総務部とは違う階にあるので、階段で移動しなければならないのがちょっとめんどうである。

私は一気に階段を駆け上がり、その勢いのまま営業部のドアを押そうとした。

けれど、一瞬早く反対側からドアを開けた人がいた。勢いがついていた私はその人のほうに倒れこんでしまう。

「申しわけございませっ……ん！」

最後まで言えた自分に拍手したい。

だってね、顔を上げたらさ、知ってる顔があるんだよ。

(なんで此処《ここ》に居るの!?)

心の中で絶叫した。

私の目の前に居たのは、狭山彰人――この間の同窓会の夜、私を慰《なぐさ》めてくれた、その人だ。

(いやいや、おかしいでしょう。なんで貴方様がいらっしゃるんですか？　しかもどう考えてもこの社員っていう感じですよね。え、っていうことはアレですか？　私今、狭山と同じ会社で働いているとかってわけですかね？)

頭の中はパニックだがそんなことは表に出さず、すぐに笑顔を作って頭を下げた。

「大変失礼いたしました」

狭山の横を通って営業部へ入る。

ちらっと振り返ると狭山は驚いた顔でこちらを見ていた。頼まれた書類を部の人に手渡した後さりげなく見ると、彼はもう居なかった。

私も用事は済んだので営業部を出る。

もしかして狭山が待ち受けているのではないかと身構えたが、廊下には誰もいなかった。

ホッとしたような、少しがっかりしたような気持ちになる。

きっとあの夜のことは狭山も忘れたいに違いない。もしくは、忘れるまでもないぐらいたいしたことではないとか……

頭の中は嵐が来たようにぐちゃぐちゃだが、どうにか動揺を抑えて総務部へ戻った。


その日は仕事に集中することで、狭山のことを頭の隅に押しやった。定時まで仕事をし、由香里たちに挨拶《あいさつ》をして会社をさっさと出ることにする。

エントランスを通り抜けて、さぁ今日の夕飯はどうしようかなーなんて考えながら身体を伸ばした瞬間。

「遅かったですね」

魅力的な低い声がした。

吃驚《びっくり》したー！

柱に隠れていて気づかなかったけれど、狭山さんがお待ちになっておりました。

「え、えっと……、そ、の……」

「行きますよ」

腕を組んで柱にもたれていた狭山は、顎《あご》をくいっと動かしてついて来いと指示をした。

怒っているのか怒っていないのかわからない表情だったけど、その威圧感に負けてしまい、私は断ることができなかった。

同窓会の時は明るめのグレーのスリーピーススーツを着ていたけれど、今日はシンプルな黒のビジネススーツだ。

オーダーメイドで仕立てているのか、狭山の身体にぴったりとフィットしている。

その大きな背中につい見惚《みと》れてしまった。

私はこの人に抱かれたのかと、あの夜の熱を思い出して身体が疼《うず》く。

狭山が私を待っていた理由はわからないが、私は自分がもう一度狭山に会えたことを心の奥では喜んでいることに気がついた。


狭山に連れてこられたのはお洒落《しゃれ》な居酒屋の個室。

「何飲みますか」

「え、っと。同じもので」

相変わらず無表情の狭山を前に、私は居心地が悪くなって、小さな声で返事をした。

狭山は、店員さんにビールを二つと適当な料理を頼む。

私は手持ち無沙汰になって、おしぼりで念入りに手を拭いた。

二人とも無言だから、部屋の空気はズーンと重い。

届いたビールを手にしたまま、私は動けずにいた。ちらりと視線を上げて狭山を見る。

怒っているようには見えないのだが、ずっと無言だということは、やはり怒っているのだろうか……

あの夜、私は何かしてしまったのか？　いや、迷惑はかけたが……

私の視線に気がついた狭山は真っ直ぐに私を見つめる。

「では、お疲れ様です」

狭山は一度息をついて、そう言った。

ドキマギしつつも私は言葉を返す。

「お疲れ様、です」

軽く乾杯をして、ぐいっとビールを飲む。

息が続くかぎり飲んで、ビールをテーブルに置く。

結局沈黙に耐え切れなくなって、私から聞いた。

「お、怒ってる？」

「怒ってないように見えますかね」

わからないから聞いてるんだよ！

だけど狭山は感情を隠すのをやめたのか、冷たい視線で私を見る。

私は「ひぃっ」と息を呑んだ。

本気で怖い。

「それで、俺を置いていった貴女がいったいどうして、うちの会社に居るのか説明していただけますね」

「えー、えっと」

狭山が怒っている理由はわからないが、それを質問できるような雰囲気ではない。

「俺には、聞く権利があると思いますが」

狭山はぐびっとビールを飲んで、私を脅すように笑った。

これはもう、話さないかぎり家に帰れない気がする。

「ちょ、っと待ってね。ちゃんと説明するから」

私は頭の中を整理した。

〝わかりました〟と言う声は聞こえなかったけど、一つ頷《うなず》いたので待ってはくれるのだろう。

「何から説明すればいいのか、わからないから、最初から説明するけど……。長くなるし、人に話すのは初めてだから支離滅裂《しりめつれつ》だとも思うので、その辺りはご了承ください……はい」

頼んでいた出汁巻《だしま》き玉子が来たので大根おろしと一緒に口に運んで、もう一度ビールを飲む。

そして、狭山を真っ直ぐ見た。

そんな私を見て、狭山は私が話す準備ができたと判断したのか、同じように真っ直ぐ見返してくる。

ビールで喉を潤《うるお》したというのに、口を開けたら喉はカラカラに渇いていた。

「前の会社に居た時、仲良かった同期の一人と付き合っていたのね」

そう、全てはここから始まるわけだ。


あいつ——元彼である祥太郎——は、凄《すご》い美男子だったわけでもないし、仕事ができてみんなが憧れるような有能な男性だったわけでもない。普通の人だ。

それでも出世願望があったのは知っていた。仕事で結果を出して認めてもらうんだと言って笑う、頑張り屋なところが、いいなと思っていた。

彼は愛嬌《あいきょう》があったので、上司から可愛がられていたし、彼の周囲はいつも明るかった。

仕事が飛び抜けてできるわけではないが、ミスがあるわけではない。一生懸命に上司や先輩の言うことを聞いて、会社のために貢献しようと頑張っているのがよく見えるタイプ。

私たちは一年半ほど付き合ったけれど、その間、大きな喧嘩もトラブルもなかった。ドラマティックなこともなかったが、平穏にお付き合いをしていた。

お互いの親にも紹介していて、将来もこの人と緩やかに過ごしていくのかなと漠然と思っていた。

それが突然「上司の娘と結婚するので、もう来ないでくれ」と告げられたのだ。なんの前触れもなく。

最初は意味がわからなかったし、ふざけるなとも思った。

ただ執着するほど彼を好きではないことに気づいた。

なので、捨てられたこと自体はしかたないと思っていたんだ。別れ方は最低だったけど、あのまま祥太郎と付き合っていても幸せになれたとは思えないし。

だというのに！

あの馬鹿は、会社内に、私があいつのストーカーまがいのことをしているという噂を流したのだ。

何も言えなくなるほど驚いた。

私は彼が満足するような愛情を示せなかった。だから別れることはしかたない。だが、彼がしたことは、元とはいえ彼女にする仕打ちではなかった。


「その男、クズですね」

「本当にね」

狭山の眉間の皺《しわ》が深くなっている。

気分の良い話ではないから当然かもしれない。

私がストーカーまがいのことをしていると噂が広まった時、同期や仲の良い人たちは嘘だとわかってくれていたけれど、知らない人たちは陰口を叩いた。

あげく、あいつの婚約者の父である野宮部長と廊下ですれちがった時、「身のふり方を考えたほうが良いのでは？」と言われたのだ。

もっともその程度のことで会社を辞めるわけにはいかない。

私とあいつは別の部署だったので社内で会うことも少なく、噂さえ聞き流せばどうということもなかった。

しかしある日、朝のエントランスで私は祥太郎と遭遇《そうぐう》してしまったのだ。

未練はなかったけど、その後の態度が卑怯《ひきょう》な彼に私は内心で悪態《あくたい》をついていた。

とはいえ、出社途中の人たちが行き交う中で喧嘩するわけにもいかない。目を逸《そ》らすと、あいつが声をかけてきた。

「大変だね」

「ええ、まぁ」

さすがに無視するわけにもいかず、祥太郎の顔を見ないようにして答える。

自分が仕組んだくせに何を言うんだ！

罵《ののし》ってやりたかったけれど、我慢した。

「ていうかさ、こんな居心地の悪い会社で働くのは嫌だろう？」

祥太郎はさらに話しかけてくる。

なぜ彼に会社を辞めろと言われなければいけないのか……

エレベーターはそろそろ来そうだが、彼と一緒に乗るのは避けたい。次を待とう。そんなことを考えていると、祥太郎が私の耳元でとんでもない台詞《せりふ》を囁《ささや》く。

「母子家庭で大変なのは知っているけれど、娘がこんなことになっているなんて知ったら君の母さんも悲しむだろうし。あぁ、でも母子家庭で父親がいないから、俺に執着してるのかな」

いったいどんなつもりで言ったのだろうか。

たしかにうちは母子家庭で、母は私を必死に育ててくれた。それを知っているのに、なんてことを言うのかこの男は。

目の前に居る男性が私が今まで付き合っていた人と同じ人には思えなかった。

なんで私はこんな奴と一年半も付き合っていたのか。自分で自分を殴ってやりたい衝動に駆られる。

気づいたら鞄で彼の頭を殴っていた。

「いい加減にしなさいよ。あんたと私が付き合ってたことは私たちの同期みんなが知っていることでしょ。馬鹿な噂を立てたわね。あんたみたいな奴と一年半も付き合ってたなんて、本当損したわ」

母のことを言われたら我慢などできるわけがなかった。

エントランスに居た人たち全員が目を白黒させてこちらを見ている。しかし、そんなことは構わなかった。

ふんっ！

仁王立ちで祥太郎を一睨《ひとにら》みする。

頭を殴られたあいつは床に転がっていた。

馬鹿を置き去りにして私はエレベーターに乗り込む。

エレベーターの中は重苦しい雰囲気だった。

いくら腹が立ったからといって、暴力はだめだ。それはわかっているが、私に後悔はなかった。

エレベーターを降り、直属の上司である冨澤《とみざわ》課長のデスクへ真っ直ぐ向かう。

「おはようございます課長！　お話がありますので、お時間をいただいてもよろしいでしょうか？」

「熊谷……。どうした？　顔が般若《はんにゃ》のようだぞ」

課長は冗談のつもりかもしれないが、私の顔はそのくらい引きつっていたのだろう。

「とりあえず会議室に行くか、始業時間までまだ時間あるしな」

私の雰囲気を察した課長は、他の社員に話を聞かれない場所へ連れ出してくれた。

「ありがとうございます」

会議室に場所を移して少し落ち着いた私は、会社を退職したい旨《むね》を伝えた。簡単に祥太郎とのことも説明する。

まだ三十代半ばという年齢の割に落ち着いている課長は、黙って私の話を聞いてくれた。

最後まで話が終わると、私の頭を撫《な》でながら優しい声で言う。

「いやいや、お前が辞める必要はないんじゃないか？　お前は真面目でよく働いてくれてる。課として、辞められるのは、痛手だよ」

「そう言っていただけるのは嬉しいのですが、このまま此処《ここ》に居てトラブルを増やすよりは、新しいところで頑張りたいと思います」

課長は深くため息をついたが、私の意志が固いとわかると了承してくれた。

突然私事で辞めるなんて、課のみんなに迷惑がかかるとは思ったが、もう我慢できなかった。噂話くらいなら耐えられるが、また祥太郎と顔を合わせたら、怒りを抑えられる自信がない。

ちょうど私が受け持つ仕事の区切りもついていたので、七月いっぱいでの退職となった。


私の話を聞いて、狭山はあきれた顔をする。

「ずいぶん思い切りましたね。うちに転職するあてでもあったのですか？」

「ないない。辞めようと決めた後に柴崎会長が声をかけてくれたの」

私は狭山に、柴崎会長にこの会社に来ないかと言っていただいたことを話した。

「最初はお断りしたんだけどね。すぐには再就職が決まらなくて」

預金も心もとなかったし、結局、働かせていただくことにした。

「それで、会長とはどこで知り合いになったのですか」

「前の会社に居た時に」

柴崎会長は、前の会社の社長と仲が良くて、頻繁に会社に遊びに来ていた。

商談ではないからと、いつもラフな格好をしていらして、初めてお会いした時も、社員の家族が面会に来たのかと思って「おじいちゃん、ご家族をお呼びしますか？」なんて話しかけてしまったのだ。

後で取引先の会長さんだと同僚に聞いた時は卒倒《そっとう》しそうになった。

ただ、それで顔を覚えていただき、以来、来社の際にはついでに私のところにも寄ってお菓子をくれたりするようになったのだ。

お孫さんと私の年が近いと言って、かなり可愛がってくださり、時には家族のことなどプライベートな話もするようになった。

さすがに転職先のお世話までしていただくとは思っていなかったが……

リップサービスかもしれないが「熊谷ちゃんの仕事ぶりは知っているし、我が社に来てくれたら助かると心から思ってるんだ」と言っていただいた時には、涙が出そうになった。

私の存在を肯定してくれる人が居るんだとわかって嬉しかった。


「なるほど、そういうわけですか」

「はい……そして今に至ります」

なんとか説明できて、ホッとする。この話で狭山が納得するかはわからないけど、自分でも頭の中が整理できてよかった。

「それで、人恋しくなって俺を誘ったと」

「ぶっ」

狭山の言葉を聞いて思わず咳《せ》き込んだ。

「さ、誘ったつもりはなかったよ……」

「誘ったようなものですよ」

それは、そうかもしれないけれど、だからって面と向かって言われるとかなり恥ずかしい。

「まさか、起きたら貴女がいないとは思いませんでしたよ」

「それは、その、すいません……。ご迷惑かと思いまして……」

「迷惑なわけないでしょう」

狭山はぴしゃりと言う。その声音は冷たい。

どうやら、あの時置いていったことを怒っているらしい。

たしかによく考えたら、朝起きたら、昨日抱いた女がさっさと帰っているというのは良い気分ではないかもしれない。

だけど、あの後顔を合わせてしらっと「おはよう」なんて言える強さが私にはないことをわかってほしい……

「ごめんなさい」

私はしゅんとなって謝った。

「まぁ、もう一度会えましたからいいですけれど」

「はぁ……」

狭山の言葉の意味がうまく理解できず、曖昧《あいまい》な返事をする。

狭山はなぜか少し嬉しそうに笑った。

狭山、私はもう一度貴方に会いたくなんてなかったよ。

だって、私は――

第三章

狭山と二度目の再会をしてしばらく経った九月の終わり。

彼とは時々ご飯を食べに行くようになった。あれから一度もそういった行為はしてはいない。ただのお友達だ。

私からホテルに誘うことはないし、狭山から誘うこともない。

でも、気がつくと私は狭山のことを見ていた。

そして狭山も私を見ているように思う。

彼の私を見る目に熱がこもっているような気がするのは、私の願望だろうか……

狭山に誘われたら、私は断ることができないだろう。

でも、もう一度あの温《ぬく》もりを感じたいなんて、さんざん迷惑をかけた私が思っていいことじゃない。

私は頭を振って、狭山のことを考えるのをやめた。

今は仕事中だ。目の前の仕事に集中しなければ！

しばらく、ひたすらキーボードを打つ。

「ねぇ、利音」

「んー？」

肩が凝《こ》ったなぁと思い手を止めたところで、由香里に話しかけられた。

仕事中なので、由香里のほうを向かずに返事する。

多分由香里もこちらを見てないだろう。

「今日の夜、暇？」

「予定はないよ」

「なら、同期の飲み会があるんだけど来ない？」

「は？」

その誘いに驚いて思わず由香里を見る。私の視線に気づいた由香里が笑いながら振り返った。

「同期の飲み会になんで私を誘うの？」

私はまだ入社して一ヶ月弱の新人だし、由香里の同期の人たちとは面識がない。それなのになぜ私を誘うのだろうか。

由香里が口を開こうとした時、甘ったるい声がそれを遮《さえぎ》った。

「ずるーい！　なんで熊谷さんだけ誘うんですかぁー」

声の主は今年の新卒社員の中で一、二を争うほど可愛いと評判の結城《ゆうき》さんだ。

小さな身長にくりくりした目、ふわふわとカールした茶色の髪。たしかにモテる要素を凝縮した子だと思う。

「利音は同い年だし、私と仲が良いからよ」

結城さんは年下だし由香里と仲が良いわけでもない。由香里は暗に結城さんを誘う気がないことをにおわせた。

「えー、そんなー」

結城さんは決して私も行ってもいいですかとは言わない。言わないけれど、誘ってほしそうに由香里をちらちら見る。

「貴女も自分の同期の人たちと飲みにいけばいいいわ」

由香里はにっこりと綺麗な笑顔で言って、強制的に話を終わらせた。

結城さんは可愛らしく頬を膨《ふく》らませながらも、それ以上は特に何も言わずに仕事に戻る。にしても、彼女はどうしてそんなに由香里の同期と飲みたいのだろうか。目当ての人がいるのかも？

「で、利音、行くわよね」

「え……あー……、はい！　お供させていただきます！」

「よろしい」

どうしようかなと迷ったが、由香里はすっごく良い笑顔をしていた。〝来なかったらどうなるかわかってるわよね〟という感じの笑みだ。

他に用事はないので、断る理由はない。それに、中途採用で、社内に仲が良い人が少ない私には、良い機会ではある。

由香里と同期ということは年の近い人たちだろう。交友関係を広げられるのはありがたい。

同期の飲み会ってことは狭山も居るのかしら？

一瞬聞いてみようかと思ったけれど、私と狭山が同窓生だということを由香里には言っていない。なんで彼を知っているのか聞かれてもめんどうだ。

行けばわかることだし、わざわざ聞くほどのことでもないかと思い、由香里に尋ねるのはやめた。


仕事を終え、由香里に連れられるまま居酒屋へ向かう。

お店は会社からほど近い路地裏にあった。会場はこの二階の座敷だそうだ。

開始は夜の七時からで、今はその五分ほど前。

もしかしたら一番乗りかもと思ったが、店員に名前を言うと、すでに何人か来ていた。

靴を下駄箱《げたばこ》に入れて、二階へ上がる。通された部屋では数人の男女がワイワイと楽しげに騒いでいた。

「お疲れー」

「おー、宮守！　その子が例の子？」

「そうよー。お披露目《ひろめ》！」

部屋に入ってきた私たちを見て、全員が由香里に話しかける。

私は由香里にぐいっと背中を押され一歩前に出る。

予想外に注目されて怖い。

「ど、どうも。熊谷利音です」

びくびくしつつも、挨拶《あいさつ》だけはせねばと声を出した。

「どーもー！　由香里と同期の堂島《どうじま》早苗《さなえ》でーす！　秘書課に居るから、よろしくね！」

にこにこと笑いながら綺麗な女の人が手を上げて自己紹介をしてくれる。

私はぽかんと口を開けて彼女を見た。

凄《すご》い美人だ。

彼女だけではない。由香里の同期の人たちはみんな、美男美女だ。

今日集まるのは約十五人。同期の人数はもう少し多いみたいだけど仕事の都合がつかなかったり、他県にある支社で働いていたりで参加できないとのことだ。

すすめられるまま空いている場所に腰を下ろしたところで開始時間になる。まだ来ていない人もいたが、乾杯の音頭《おんど》で、飲み会が始まった。

私はみんなと初対面だったので、それぞれ自己紹介してくれる。

その自己紹介を聞いていて、結城さんがこの飲み会に参加したがっていた理由がわかった。

彼らはみんな、容姿がいいだけじゃなく、仕事ができると噂になっている人たちだ。給湯室で若い女の子たちが、何部の誰が素敵だとか話している時に出てくる人ばかりだった。その中でも一際有名な男性が居るらしいんだけれど、彼はまだ仕事が残っていて、遅れてくるらしい。

「一番の出世頭《しゅっせがしら》でね。誰よりも早く主任になったから、みんな主任って呼んでるんだ」

仲良くなった早苗ちゃんが教えてくれた。

「主任なー！　そういえば、あいつ最近機嫌良いよな」

「ね、この間まで不機嫌マックスだったくせに何があったのやら」

「女じゃね？」

主任って、もしかして例の営業部の人のことか。

はたしてどんな人なのだろう。格好良いらしいし、結城さんの目当てもその人だったのかもしれない。

一瞬狭山の顔が浮かんだが、すぐに打ち消す。

まさか、そんなわけないよね。

不思議と社内で狭山の噂話は聞かなかった。

狭山も仕事の話をあまりしないので、私は彼が社内でどんな仕事をしているのか知らない。

営業部の部屋に居たのだから、営業なのだろうけど……

そんなことを一人で考えていると、入口のほうから声がした。

「人を酒の肴《さかな》にして盛り上がっているんじゃありませんよ」

「お、主任！　遅かったなー！」

話題の主任が来たらしい。

けれど、みんなが歓迎の声を上げる中、私は一人、呆然としていた。

だって私はこの声を知っている！

いや、でも、そんな！　まさか！

ゆっくりと振り返った先には、私がついさっきまで考えていた人が立っていた。

「……熊谷じゃないですか。なんでここに居るんですか？」

「由香里に誘われて……」

「宮守に、ですか」

狭山はため息をつきながら、ごく自然に私の隣に腰を下ろした。

別に構わないんだけど、ちょっと緊張する……

「なるほどなー！　そういうことか、主任！」

「何がですか」

私の戸惑いを無視して、なぜか周りは一斉に盛り上がった。

狭山は涼しい顔をしている。

「利音、主任と知り合いなの？」

「あー……っと、高校の同窓生なんだ。同じクラスになったことはないんだけどね」

由香里に尋ねられたので、私は答える。

嘘はついていない。

でも私たちは高校時代あんまり接点がなかった。

先日の同窓会で数年ぶりに会ったくらいだ。

深い接点を持ったのは、その同窓会からだなんてことは言えない。だって、自分の馬鹿さ加減を露呈《ろてい》することになって恥ずかしい。


狭山が合流して三十分ほど経った。時刻はもう夜の八時二十分だ。

私は必死になって笑顔を作りながら、向かいに座る男性と話していた。

なかなか集中できず、彼の話は右から左に流れていく。

その原因を作っているのは狭山だ。

狭山の手はずっと私の太ももを撫《な》で続けている。

足を撫《な》でられているといってもストッキング越しだ。けれど、かえって焦《じ》れったくて、意識がついそっちにいってしまう。

当の彼は何食わぬ顔で友人と言葉を交わしている。それがとても悔しいし、腹が立つ。

最初はスカートの上に手を置かれただけだった。

何をするんだと睨《にら》んだけれど狭山はお構いなし。しかたがないので放っておいたら、指を動かして私の太ももをゆっくりと触ってきたのだ。

このままじゃマズイ……

私は〝やめなさい〟という意味をこめて、狭山の手の甲をつねった。さすがに太ももから手が離れる。ほっとしたのも束の間、今度は手を掴まれた。

指と指の間を撫《な》でられて、声が出そうになるのを必死に我慢した。

なんで、こんなに触り方がエロいんですか、この人。エロ魔人《まじん》め！

「狭山」

小さな声で咎《とが》めるように呼ぶと、彼はやれやれといった感じで手を離す。そしてまた、太ももを触り出した。

これじゃあ、セクハラじゃないか！

ゆっくりとスカートの裾付近を撫《な》で上げられる。

今日に限って少し短めのものを穿《は》いているので、いつスカートの中に手を入れられるか心配で鼓動が速くなる。

「熊ちゃん顔赤くない？　大丈夫？」

「へ、あ、大丈夫です！　顔に少し出ちゃうタイプなので！」

向かいの男性が心配してくれる。

本当はお酒を飲んでもあまり顔に出ないけど、酔ったせいにした。

狭山にセクハラされてますなんて言えるわけがない。ましてやそれを嫌だと思えないなんて。

私の苦しい言いわけを信じてくれたのか、向かいの男性は私を見てにっこり笑う。

「熊ちゃん可愛いねー」

「は、はぁ、ありがと……っ、ござい、ます」

狭山の手がスカートの中へ侵入してきた。

頭が沸騰《ふっとう》しそうなほど恥ずかしいのに、足の付け根をゆっくり撫《な》でられると、身体の奥がキュンとする。思わず両足を擦《こす》りあわせた。

変な声が上がりそうなのを必死に我慢して会話を続けるが、そろそろ限界に近い。

ジョッキの取っ手部分をぎゅぅっと握り、自分をごまかす。だけど、欲求はどんどん強くなっていった。

触ってほしい。撫《な》でてほしい。あの時みたいに抱いてほしい。

頭の中が狭山に占領されていく。

太ももしか触られていないのに、胸の頂《いただき》が痛くなった。

蜜がじっとり溢《あふ》れてきているのが自分でもわかる。

なんて素直な身体だろう。

いい加減にしなさいと怒鳴りつけようとした時、幹事の人が立ち上がり、お開きの時間になった。

最後に私の太ももの付け根を撫《な》でて、狭山の手は私のスカートの中から消えた。

ホッとしたけど同時に、寂しさを感じた。

居酒屋の外に出て風にあたったが、狭山のせいで熱を帯びた身体は治まらない。これを解消する方法は一つだ。

「熊ちゃん。顔、赤いよ……？」

ずっと話をしていた男性が心配そうに声をかけてくれる。

私は身体を鎮《しず》めるように両腕を擦《こす》りながら、笑ってごまかす。

彼がごくりと唾を呑んだ音が聞こえた気がした。

少しやばいかもしれない。距離をとろうと一歩後ろに下がると、誰かにぶつかった。

ぶつかった相手が誰なのか、すぐにわかった。覚えのある香りがしたから……

身体がさらに熱くなっていく。

「しかたがないですね。タクシーで送りますよ」

「……うん」

あきれたように言いながら狭山が肩を抱く。

私が力を抜いてもたれかかると、狭山はいっそう強く私を引き寄せた。

「酔っ払いを送っていきますので、俺たちは二次会、不参加でお願いします」

「りょうかーい！　主任！　お前、熊谷ちゃんをお持ち帰りすんなよー！」

「景山《かげやま》。その口縫いますよ」

狭山が冷ややかに言うと、景山と呼ばれた男性は「おー、こっわ！」と言って笑った。


連れられるままにタクシーに乗り込むと狭山は住所を伝える。

「もう少し辛抱してください」

耳元で囁《ささや》かれた欲望を孕《はら》んだ声に、背筋が震えた。

そのもう少しがもどかしくてたまらない。

数十分で、狭山のマンションに着いた。

狭山は彼の部屋へ私を急《せ》かす。

玄関に入るなり後ろからジャケットを脱がされた。シャツの隙間から熱い手が滑り込んでくる。

狭山はブラのホックを外し、痛いぐらいに尖った胸の頂《いただき》を指で摘まんだ。

「あぁ、まだどこも触っていないというのに乳首をこんなに尖らせて、そんなに待ち遠しかったんですか」

「んんっ、そ、うだよ」

首筋にちゅっ、ちゅっと口付けしながら狭山の指は絶え間なく頂《いただき》を扱《しご》く。

「あぁっ、んっ……はふ」

玄関でなんて恥ずかしかったが、ほてった身体は狭山の手や唇を受け入れた。顎《あご》をとられて唇を塞《ふさ》がれる。

久しぶりのキスに、頭が蕩《とろ》けていく。

あの夜もこの舌に翻弄《ほんろう》された。

丹念《たんねん》に口内を犯されていく。口蓋《こうがい》や頬裏を舐められ、舌を絡《から》められた。

キスと胸への愛撫だけで、下腹部が疼《うず》く。

「さ、やまぁ」

「んっ、なんですか。腰をそんなに押し付けてきて、厭《いや》らしい人ですね」

厭《いや》らしくさせてるのは狭山なのに……

私だってこんなはしたないまねしたくない。

今まで男性に身体を擂《す》り寄せたことも、強請《ねだ》るように腰を押しつけたこともなかった。狭山が初めてだ。

シャツのボタンを全て外され、素肌が外気に触れる。

ひんやりとした空気が、ほてった身体にはちょうど良い。

揺れる胸を両手で掬《すく》い上げるように揉《も》まれ、身体がむず痒《がゆ》くなる。両胸の頂《いただき》を指の腹でぐりぐりと押し潰されると、甘い声が漏れた。

「んっ、ん……っ」

玄関のドアに押しつけられる。

痛かったけれど気持ちが昂《たか》ぶっているせいか、狭山を止めようとは思えない。

ただ隣の家に聞こえたらと、必死に下唇を噛《か》んで声を押し殺した。

それなのに、狭山は耳元で楽しそうに笑った。

「どこでしたいか、お強請《ねだ》りしてください」

胸の頂《いただき》を押し潰され、扱《しご》かれる。

立っていられないぐらい快感に溺《おぼ》れた。これ以上されたら外に声が聞こえるほど喘《あえ》いでしまいそうだ。

どこがいいかなんて、わかりきっているくせに。

言わないとこのまま此処《ここ》ですると脅しているようなものだ。

首筋をぬるぬるした舌で舐められて、痛いくらい吸われた。

「俺は此処《ここ》でも構いませんよ」

屹立《きつりつ》したものがぐりぐりと押し付けられる。

狭山に身体を預けながら、掠《かす》れた声で呟《つぶや》いた。

「……ベッドが……いい」

狭山は満足げに目を細めて笑った。

軽く音を立てて触れるだけのキスを落としてくる。

それがなんだか可愛くて、私も彼の口にキスを返した。

「わっ」

腰をかかえられて抱き上げられた。身体が不安定に揺れ、私は狭山にしがみつく。

「本当に貴女は俺を煽《あお》るのが得意ですね。前ほど優しくできる保証はありませんよ」

この間の行為は、彼にとっては優しい部類なのか……

たしかに優しくなかったわけではない。ただ、触れる手も唇も確実に私を高めて、追いつめた。

それを思い出し、私の身体は期待で疼《うず》いた。


寝室に入ると、大きいベッドが目についた。

狭山は身長が高い。シングルだと狭いのだろうと、なんとなく納得する。

優しくベッドに下ろされて、視線が交わる。

この間より恥ずかしいのはなんでだろうか。

狭山に触れる指が熱い。互いの息が部屋に響いた。

ベッドの上で甘い時間が始まる。

立て膝《ひざ》のまま唇を離すことなく舌を絡《から》めあう。

狭山の服を脱がせると、ずっと触れたいと思っていた身体が目の前に現れた。

「んぁ、はぁ」

口の端から唾液《だえき》が流れるのも構わず彼と舌を擦《こす》り合わせる。舌先をちゅうっと吸われるたびに下腹部の奥が潤《うるお》っていく。

私の身体は狭山に毒されている気がする。

改めて見た狭山の体躯《たいく》には綺麗な筋肉がついていた。引き締まり、思わず唾を呑むほど妖艶《ようえん》だ。

狭山の背中に手を回して身体を摺《す》り寄せると、狭山はつうっと私の腰から上へ指を這わせた。胸の側面を擦《こす》って揉《も》みしだき、頂《いただき》を扱《しご》く。

上がりかけた嬌声《きょうせい》は全てキスで塞《ふさ》がれた。

何が楽しいのか狭山は念入りに胸を弄《いじ》り、お腹から太ももの付け根へ指を滑らせる。

そっと秘所を擦《こす》られて、思わずぐっと太ももに力を入れてしまった。

陰唇をふにふにと触られ、滴《したた》る蜜が狭山の指に絡《から》みつく。やがて探り当てられた花芯をぐりぐりと押し潰された。

「ひっ、あぁあ、んんっ……！　そ、こっ、だめぇ」

目の前がチカチカと光り、快楽が押し寄せてきた。

狭山の指の動きがますます激しくなる。

それ以上したらだめだと、狭山の両腕に縋《すが》りながら頭を振る。なのに狭山は指を止めてくれない。

「本当はいいんでしょう？」

欲望を孕《はら》んだ声で囁《ささや》かれた。

耳朶《じだ》を舐められ、舌を奥へ入れられると、我慢できなくなって、簡単に達した。

私の身体はこんなに敏感だっただろうか。

腰に力が入らなくてずるずるとシーツに座りこんだ。

狭山が、荒い息を整えている私の肩を掴んで覆《おお》いかぶさってくる。

彼は唇にキスを落とし、首筋から鎖骨、胸の乳輪部分を円を描くように舐める。ちゅるっと頂《いただき》を嬲《なぶ》り、お臍《へそ》に舌を這わせ、いたる場所に赤い痕《あと》を残した。

「あっ」

私は小さく声を上げる。その声に応《こた》えるように狭山は太ももをぐっとかかえ、付け根を吸い上げた。あんまりな体勢をとらされて頭が少し覚醒《かくせい》する。

「ちょっ、そこは！　さすがに！　恥ずかしいから!!」

触られるのと見られるのとはまったく違う。

足をバタバタさせたいけれど、がっちり腰をかかえこまれて動かせない。

あまりの恥ずかしさに顔に熱が集中した。

両足の間に居る狭山は、意地悪な笑みを浮かべている。

「恥ずかしいんですか？　では、こうしたらどうでしょうね」

「へ、ひやぁあっ、んぁあああ」

ざらついて温かい舌が秘所を這う。腰を引きかけると、より強い力で引き寄せられる。舌がさらに密着する。

「あぁあああ！　んんっ、やぁあ」

すでに蕩《とろ》けきった場所を、わざと音を立てて吸われた。陰唇を分け入るように舌が侵入してきて、浅い部分を弄《いじ》る。

奥から溢《あふ》れてきた蜜が啜《すす》られた。

狭山の舌が動くたびに腰が動き、自ら腰を押しつけてしまう。

「舐めても、舐めても溢《あふ》れてきますね」

「しゃべ、らないで……っ」

息が秘所に吹きかかると腰が振動する。

嫌だと言ったのに、狭山はわざと息を吹きかけ、ねっとりと丹念《たんねん》にそこを舐める。尖った舌に翻《ほん》弄《ろう》され、私は嬌声《きょうせい》を上げた。

「ひあぁああっ」

「もっと、喘《あえ》いでいいんですよ」

無意識のうちに狭山の頭を掴んでそこから引き離そうとしたけれど、かえって彼を煽《あお》ってしまったようだ。より密着した舌に、じゅるじゅると蜜を啜《すす》られた。

びくんと身体が動く。

だめ、また来てしまう。先ほどは指だけでイカされて、今度は舌だけでイカされてしまう。

おかしくなりそうな快楽に思考が追いつかなくなった。

「んっ」

やっと秘所から舌が離れた。けれど狭山は舌舐めずりをしてから、花芯を咥《くわ》える。そして舌で嬲《なぶ》りながらじゅうっと吸った。

「ひあぁあああああああっ‼　さ、やまぁああああ……っ」

足先からビリビリとした快楽が駆け上がり、私は狭山の名前を叫びながら絶頂を迎えた。

身体が痙攣《けいれん》し、息も絶え絶えとなって苦しい。なのに気持ちが良くて目尻に涙が溜《た》まる。

「本当に敏感で厭《いや》らしい身体ですね。最高に可愛い」

酸欠でぐったりとしながら天井を眺めている私の耳元で、狭山はそんなことを呟《つぶや》く。イッたばかりの身体はそれだけでもぴくりと反応した。

甘い言葉は、ベッドの上だけの戯言《ざれごと》だとわかっている。それでも嬉しかった。

可愛いと言われて喜ばない女性なんて居ない。

愛されているような錯覚に陥《おちい》ってしまう、毒を持った言葉だ。

「あぁ、ちょっと待っていてくださいね」

狭山はベッドから下りると、部屋にある机の引き出しを開けた。

不思議に思いながら見つめていると、そこから避妊具の箱を取り出す。

ビリっと袋を破く音がする。それがなんだかとても卑猥《ひわい》な音に聞こえるなんて、私はどうかしているのかもしれない。

ベッドに戻ってきた狭山は私の腰を撫《な》でる。

「ほら、後ろを向いて腰を上げなさい」

「ん……」

言われるがままにうつ伏せになって腰を上げた。

恥ずかしい格好をしているとわかってはいても、この声に逆らえない。

臀部《でんぶ》をやわやわと撫《な》でられ、さっきまで嬲《なぶ》られた秘所に熱く昂《たか》ぶった肉茎を擦《こす》りつけられた。

早く欲しくて、腰が揺れてしまう。

「そんなに淫《みだ》らに動いて、いけない子ですね」

そう言いながら狭山は先端を秘所にあてがい奥へと挿入した。

太い先端が壁を擦《こす》って進んでいく。奥へたどりつくと、ぐりぐりと押し付けるように揺すられた。

私は無意識に肉茎を締め上げる。

「相変わらず、貴女の中は気持ち良いですね」

「はぁっ……」

狭山が動くたびに、ぐちゅりと淫猥《いんわい》な音がし、胸が振動に合わせて揺れた。

身体が熱い。シーツに汗が落ちて染みていくのが見える。

肌と肌がぶつかる音も、ギシギシと揺れるベッドの音も、全てが快感を高めていく。太ももに自分の愛液が流れていった。掴まれた腰が熱い。頭の中が溶けていく。

甘い嬌声《きょうせい》を上げながら、目の前のシーツを握り締めた。快感の波が引いては押し寄せる。

「可愛いですよ。利音」

「あぁっ、んぁあ」

初めて名前を呼ばれた。嬉しさや恥ずかしさで感情がごちゃまぜになっていく。

「くっ、名前を呼ばれただけで、こんなにも締め付けるんですね」

「ちがっ……！」

「違わないでしょうに、利音」

「あぁああ、ああっ」

腕が震え、つっぱっていられなくなり上半身がシーツへ沈む。

喘《あえ》ぎ声ばかりが溢《あふ》れる。狭山に言われた通り、名前を呼ばれるたびに彼の太い熱棒を締めつけ、腰を無意識に動かしてしまった。

「ひぁああ、やぁあ、そこやぁああ」

狭山は最奥を小刻みに突き上げながら、花芯に手を伸ばし、指の腹でぐりぐりと押し潰す。私を絶頂に押し上げようとしているのだ。

「はぁ、嘘つきですね。おかしくなりそうなほど気持ち良いくせに」

耳元で熱を持った掠《かす》れ声で囁《ささや》かれた。私の背中と狭山の胸がこれ以上ないほど密着する。狭山の鼓動を間近に感じた。

聞こえる狭山の声はどこか余裕がなくなってきている。

花芯を強く指で扱《しご》かれ、ぬちゅぬちゅと粘着質な音が立つ。奥から溢《あふ》れてくる蜜を掻《か》き出すように激しく抽挿《ちゅうそう》が繰り返された。

身体の奥から愉悦《ゆえつ》が湧き上がってくる。一番奥が疼《うず》いてしかたがなかった。

「あぁ……、んあぁあああ、あっあっ……！」

「利音」

「んんっ……、んーっ」

名前を呼ばれ頭を上げると、狭山の顔が近づいてきた。舌を絡《から》ませてキスをする。

苦しいほどの快楽の中、彼は容赦なく突き上げてくる。汗と蜜が合わさり弾けて飛んだ。

「は、ぁ、中が蠢《うごめ》いてますね。イキそうですか？」

狭山の艶《なまめ》かしい声に、コクコクと頷《うなず》く。

迫《せま》り来る快楽から解放されたい、気持ちが良すぎて苦しくてたまらない。収縮する膣内を肉茎で揺すられたかと思うと、今度は最奥をごりごりと抉《えぐ》られる。

目の前がチカチカとして、火花が散るような絶頂を迎えた。

狭山はまだ達していないからか、硬度を保ったまま膣壁を擦《こす》りつける。

「俺もっ、出しますよ」

「ひぅっ、あ、こわ、壊れる……っ」

激しい抽挿《ちゅうそう》に目尻に溜《た》まっていた涙がぼろぼろと零《こぼ》れ落ちる。

背中を反らしながらもう一度達する。狭山の肉茎がびくびくと動き、膜越しに爆《は》ぜたのを感じた。

二人でそのまま重なり合うように倒れこむ。重いけどそれが心地良くてたまらない。お互い荒い息をしながら、またキスをした。

酸欠で死んでしまいそうだけど、やめられない。

繋がったまま抱き寄せられて、汗で湿った身体を撫《な》でられる。心地の良い倦怠感《けんたいかん》に私は息を吐いた。

その後、まだ元気な狭山に「足りませんね」と言われ、そのままもう一度身体を貪《むさぼ》られた。このまま眠ってしまいたいけれど、汗と涙で化粧がボロボロだ。

だるい身体を鞭《むち》打つ思いで動かしてお風呂を借りた。

「一緒に入りましょうか」と言われたのを、断固として断る。入るだけで終わらなくなることぐらいわかってる。すでに相当疲れてるのに、より疲れることなどしたくない。

「……、しばらく首元が開いた服着れないな、これ」

脱衣所の鏡で自分の身体を見ると赤い痕《あと》があちこちについていた。ついてない箇所なんてないんじゃないかと思えるぐらいに、首や胸、お腹、足、腕といたるところに。

ぱっと見ただけで相当な数があることを思うと、見えない場所もひどいことになってるかもしれない。

「くそ、私もつけてやればよかった」

今度、ネクタイが緩められないぐらい際どいところにつけてやろう——そう思ったところで、我に返った。無意識に〝また〟を期待している自分にあきれる。

でも、多分私はもう忘れられない。狭山の声も体温も形も。身体が狭山のものになっているのがわかる。それを止める術《すべ》を私は知らない。

お風呂から上がると、脱衣所の棚の上に狭山のTシャツとコンビニ袋が置いてあった。

Tシャツはこれを着ろっていうことなんだとわかるけど、コンビニ袋の中身はいったい何？

不思議に思いながら中を確認してみると、替えの下着とスキンケアセットが入っている。

……狭山、わざわざ買いに行ってくれたのか。たしかにもう夜中だもの。終電なんてとっくに終わってるし、このままお泊りよね。

彼シャツならぬ彼Tシャツか、と思いながら少し大きいTシャツを着て、髪の毛を乾かす。そして買ってきてくれたスキンケアセットで肌を整えた。二十代後半はスキンケアが大事なのだ。

リビングへ出ると狭山がテレビを見ながら寛《くつろ》いでいた。

ちょっとした悪戯心《いたずらごころ》で後ろから抱きつく。

「何見てんの」

「バラエティー番組ですよ」

「こういうの、見るんだ」

「失礼ですね。俺は結構なんでも見ますよ」

私が抱きついても狭山は驚きも恥ずかしがりもしなかった。ただ自然にそれを受け入れて、乾いたばかりの私の髪に指を絡《から》ませる。

「好きにテレビでも見ていてください。水が冷蔵庫に入ってますので、勝手に飲んで構いませんよ」

「はーい」

私の腕を解いて入れ替わりにお風呂へ向かう狭山を見届ける。

言われた通り勝手に冷蔵庫を開けてみた。水以外にもビールやお肉、野菜が詰め込まれている。

コップに水を注ぎながらキッチンを見回すと、いろいろな香辛料も置いてあった。

「ふーん、料理するんだ」

失礼だとわかっていながらも、家主がいないのを良いことにじろじろと部屋を見渡す。基本的にシンプルな内装で、綺麗に整頓されている。狭山、綺麗好きそうだしね。

にしても……広いマンションだこと。

水の入ったコップを片手に少し探索する。部屋に入った後は狭山しか見てなかったし。

ふむ、２ＬＤＫなのね。寝室も広かったし、もう一部屋もそれなりの大きさがある。キッチンもリビングも広い。大げさではなく、私の部屋の倍はある。

うーん、もしかして狭山の実家ってお金持ちだったりするのかな。彼のお給料がいくらなのかは知らないけれど、株とかやってないかぎりこんな良い家に住むのは無理だと思う。

この部屋は十階にあるから眺めも良い。リビングにある大きな窓のカーテンを開けて、外を眺める。せっかくだから外に出てみたいなと思い、コップを机に置いてバルコニーへと出た。

バルコニーにはサンダルが無造作に置いてあったので、勝手に借りる。此処《ここ》で狭山が洗濯物を干してるのかなと思うと、少し笑えた。

「おぉ、星が綺麗」

柵に寄りかかりながら夜空を眺めると、ロマンティックな気分になる。

私はそんなに乙女でもなんでもないんだけど、やっぱりちょっと盛り上がった。

「こんなところに居たんですか、冷えますよ」

声が聞こえて振り返ると、狭山が窓に寄りかかりながらこちらを見ていた。よくお風呂上がりの女子は色っぽいっていうけれど、狭山にも当てはまるなと思う。

いつもは後ろに撫《な》でつけられた髪が下ろされていて、少し子どもっぽくも見えた。子どもっぽさと色気なんて矛盾している気もするが、彼はどちらも持っている。

「おいで」

差し出された手を取れば、いつも以上に温かかった。

二人で一つのベッドに入る。

ベッドの中は温かい。いつの間にかとりかえられていたシーツも気持ちが良いし、眠るには最適なのだが……

「ねぇ」

「なんです」

「もう少し腕緩めてよ。痛いってー」

「また、起きたら居なかったなんて、ごめんですからね」

「いつまで根に持つつもり！」

狭山は私が逃げないように、腰と肩に腕をキツく回す。強く抱き締められすぎて少し痛い。

さすがに今回は狭山の家に泊まるんだから、逃げないわよ。ちゃんと起こしてから帰るわよ。と思ったけれど、口に出さなかった。

力が緩まないので諦めて、狭山の背中に腕を回し、彼の胸に顔を押しつける。人の肌って温かいし心地が良い。凄《すご》く落ち着いた気持ちになる。

「明日の予定はありますか？」

「予定あったら此処《ここ》に来てないよ」

あのままでは帰れないぐらい身体が疼《うず》いてしまっていたのも事実だけど、それだけじゃなくて、明日は土曜日でゆっくりできるからついてきたのだ。

だって何も持ってきていないもん。明日着ていく服も化粧水もなーんにも。

これが平日だったら始発で帰って支度して出勤ってことになる。さすがにそれは慌ただしすぎる。ゆっくりできるって幸せなことの一つだよね、なんて思ったりもするの。

「どこか行きますか」

「何それデート？」

「えぇ、デートです」

冗談で言ったつもりだったのに、きっぱりと返されて、言葉に詰まってしまう。

この年になって〝デート〟なんて言葉で嬉しくなって恥ずかしくなるなんて、思いもよらなかった。足をバタバタさせながら、狭山の胸に顔を押し付ける。

「了承ととりますね」

「勝手にして」

思春期の高校生か！　と自分に言いたくなるほど照れてしまった。

デートは久しぶりだな……。何かと比較対象のようにあの馬鹿を思い出してしまうのが嫌だ。あの馬鹿なんかより狭山のほうが良い男だというのに。

そう思った瞬間、心がヒヤッとした。

――この人はモテる人だ。今後私より良い女の人と出会う可能性はたくさんある。

私は期待などしてはいけない。ただの身体の関係で、ただの同窓生だ。それ以上でも以下でもない。

小さく頭上から聞こえてくる寝息。狭山はもう眠ってしまったらしい。そっと指で彼の頬を撫《な》でる。

さらさらした髪の毛を触ると、思っていたよりふわっとしていた。きっと毎朝セットするのが大変だろう。

頬を撫《な》でたり髪の毛を触ってみたりと、狭山を堪能《たんのう》した後、私も眠りにつくことにする。

改めて狭山の背中に腕を回し寝心地が良い場所を探して、頭を少し動かした。狭山の腕の力は相変わらず緩まなかったけれど、それはそれで心地が良いのでよしとしよう。

「おやすみ」

狭山と同じ香りで眠ることが、なんだかとても幸せな気持ちになった。

穏やかに眠っていたというのに、ふいに温《ぬく》もりがなくなった。少し寒くなって、唸《うな》りながら手を伸ばす。けれど、あるはずの温かさは見つからない。

そっと目を開けて、此処《ここ》はどこだっけと考える。

「あー、……そうか」

此処《ここ》は狭山の家で、彼の寝室のベッドの上だ。

少し覚醒《かくせい》してきた頭で起き上がり、ベッドにぼんやりと座る。

今は何時だろうか、そして狭山はどこへ行ったのだろうか。狭山の家だから居なくなるわけはないと思うけど。

まだほんの少しシーツが温かいということは、狭山が起きてからそんなに時間は経ってないだろう。

それにしても、身体が痛くないことに驚いた。

あれだけ密着して寝ていたのに、どこも痛くない。私は人と寝ると身体が痛くなってしまうから、あんまり好きではなかったけれど、狭山となら痛くならないみたいだ。不思議。

「起きましたか」

寝室のドアが開いて、狭山が入ってくる。

私は彼の顔を見て安堵した。

「……ん、おはよー」

「えぇ、おはよう。朝ご飯できてますよ」

おぉ、やはり狭山は自炊するのね。朝ご飯を作ってくれるなんて、いたれり尽くせり。それに比べて眠りこけていた私の女子力の低さ。

ベッドから出て、ぺたぺたとフローリングを歩き、リビングへ向かう。窓から差し込む日差しが眩《まぶ》しい。

「飲み物は？」

「ビール」

「珈琲《コーヒー》ですね」

冗談だったけど、軽くスルーされた。

突っ込みぐらいいれてくれてもいいのに！　私の冗談には付き合ってられないということでしょうか。

そんなことを思いつつも、淹《い》れてくれた珈琲《コーヒー》を受け取って一口飲んだ。

並べられた朝ご飯を見る。焼きたてのパンにサラダとオムレツ。パンにつける蜂蜜《はちみつ》とジャムが数種類。

驚くほど豪華！

まるでどこかのカフェのようだ。

改めて狭山のことを凄《すご》いと思った。

「いただきます」

両手を合わせて遠慮なくいただく。

夢中で食べている私の正面で、狭山は静かに朝食を口に運ぶ。

「ご飯食べて支度したら行きますよ」

「はーい……。で、どこに行く感じ？」

美味《おい》しいご飯を食べながら首を傾《かし》げる。

今日出かけようっていう話はしたけれど、具体的にどこへ行くかは話していなかった。

「映画にでも」

「映画かー、最近見てないなー。私、結構なんでも見るからどんなジャンルでもいいよ」

「では、ホラーを」

「それだけは、やめてください……」

すぐに拒絶した私を見て狭山は楽しそうに笑う。

食事を終え、作ってもらったお礼に片付けは私がした。

着替えはなかったので、昨日と同じ服を着る。

持っていた化粧ポーチでメイクし、支度を終えた時には一時間が過ぎていた。

慌《あわ》てて洗面所から出たが、狭山は優雅に珈琲《コーヒー》を飲みながら本を読んでいた。しかも、眼鏡をかけて。

シルバーメタルフレームの眼鏡が、似合っている。

「どうしました？　もう準備は良いんですかね？」

「いや、あの、準備は終わったんだけど。狭山って眼鏡かけてたっけ？」

「あぁ、そうですね。自宅に居る時や本を読む時は眼鏡をかけますね」

そう言いながら眼鏡を外してケースにしまう。

狭山はシルエットが綺麗なベージュのチノパンにワインレッドのインナーを合わせている。椅子にかけていた黒のテーラードジャケットを羽織《はお》ると、彼は玄関に向かった。

スーツではなく、ラフな狭山も格好良かった。スタイルがいいので、どんな服でも似合うのだろう。羨《うらや》ましい。

エレベーターへ乗り込むと、狭山は地下のボタンを押した。

「地下？」

「えぇ、車で行こうと思いますので」

「日曜日の映画館でしょ？　混雑してるだろうし、駐車できるかな？」

「なんとかなるでしょう」

狭山にしては曖昧《あいまい》な返答。

まぁ、映画館のあるショッピングモールに駐車できなくても、その周りにもパーキングエリアはある。

狭山の車はシンプルな黒色をした日本製のハイブリッドカーだった。

彼は慣れた動作で、助手席のドアを開けてくれる。私はそんなことをされるのは初めてで一瞬ポカンとした後、慌《あわ》てて車へ乗り込んだ。狭山が声に出さず笑っているのが見えた。

隣に乗り込んでからも笑いっぱなしだ。馬鹿にされたような気がして私はムッとした。それに気づいた狭山は、私を見て言う。

「そんなに唇を尖らせてるとキスしますよ」

「うぇっ⁉」

「んっ……まぁ、勝手にしましたけど」

私が驚いている隙に唇が触れ合った。

誰かに見られるかもしれない、マンションの駐車場でキスをしてくるなんて！

照れて頬が熱くなって、私は俯《うつむ》いた。

なんでこんな高校生のような青臭い感じになってしまうんだろうか。もう二十八歳なのだから、もっと大人の対応をしていくべきでしょうに……

そんな私の揺れる感情なんて知らない狭山は、颯爽《さっそう》とハンドルを切った。その横顔を盗み見ながら、こうして車を運転してくれる男性というのは格好良いなと思った。

車に乗って三十分もすれば、ショッピングモールにつく。ショッピングモールの駐車場はまだ少し余裕があり、駐車できた。

映画館のあるフロアまで行って、上映中のタイトルを見る。

「それで、何を見ますか？」

「ホラー以外！　ホラー以外！」

訴えるように言うと、狭山はあきれたように笑う。

「はいはい、わかりましたよ」

狭山のおざなりな返答に腹を立てた私は、肘で彼の腰をぐりぐりと攻撃してみたが、軽く無視された。

攻撃を諦めて、お互いが楽しめそうなアクション映画に決める。見たい映画と座席を選択し、お金を機械にいれればチケットが発券される。

「うぅむ、今って凄《すご》いね。前は朝からチケット買いに来たりしたのに」

「時間の無駄がなくて便利になりましたね。何か見ますか？」

「パンフレットをちょっと見たい」

買うか買わないかは置いておいて、パンフレットやグッズは見ておきたかった。

売り場を一周してから、飲み物を買おうかとレジに向かう。

ポップコーンも欲しかったが、狭山に子どもっぽいと思われるのが嫌で珈琲《コーヒー》だけに決めた。

「決まりましたか？」

「アイス珈琲《コーヒー》のMサイズ。あ、払うよ！　チケット買ってもらっちゃったし」

しかし私がお金を出す前に狭山が会計を済ませてしまう。

珈琲《コーヒー》を受け取って、なぜか一緒にポップコーンも渡された。食べたいって言ってないのになんでわかったのだろうと狭山とポップコーンを交互に見てしまう。

彼は特に何も言わずに、ただ私の頭をぐりっと撫《な》でた。

シアターへ歩き出した狭山の後を追いかけて、指定席に座る。映画が始まる前に、スマホの電源を落としてタオルを膝《ひざ》の上に置く。そして久しぶりにポップコーンを食べた。

「ほら、ついてますよ」

「うぁっ」

頬にポップコーンのカスがついていたのか、狭山は手を伸ばしてそのカスを取り、自分の口の中へ入れた。

恥ずかしくて俯《うつむ》いてしまう。

人前でイチャつくことが苦手な私は、前の彼とこんなふうに親密な態度は取らなかった。だから余計に狭山のことを意識してしまう。

ブザーが鳴ったので視線をスクリーンへ向けて、映画に集中することにした。

二時間の映画が終わり、シアターを出て身体をぐっと伸ばす。二時間座りっぱなしだったのでお尻が痛くなった。

「なかなか面白かったですね」

「本当！　それに格好良かった！」

そんなふうに映画の感想を言い合いながら歩く。せっかくなので近場のレストランで食事を取ることにした。

ショッピングモールには、中華や洋食、和食にお好み焼きなどいろいろなお店がある。午後の三時だが、まだどこのお店も混雑していたので、一番待ち時間の少なそうな蕎麦屋《そばや》に入ることにした。

狭山は丼《どんぶり》と蕎麦《そば》のセットを頼んだ。彼は意外とよく食べる。その食べっぷりを気持ちいいなと思った。一緒に食事するなら、美味《おい》しそうに食べる人がいい。

食事を終えた後はショッピングモールを見て回る。

「何か見たいお店ありますか？」

「本屋と……、あ、靴屋に行きたい！」

「では、とりあえず靴屋に行きましょうか。一番近いですし」

歩き出す狭山の後にくっついて歩く……。私は今日一日狭山の後ろばっかり追っている。でも狭山は私を置いていくなんてことはしない。

彼は振り返ると、さりげなく私に腕を差し出した。こんなふうにそつなくこなすのを見ると、慣れているのだろうかと胸がもやもやした。

少し迷ってからそっと自分の腕を絡《から》ませる。本当の恋人同士になったみたい。

狭山の顔を見られないまま靴屋に入った。

秋物のパンプスを一足欲しくて、女物の靴の棚を眺めた。

ファーが付いているものが可愛いけど、シンプルな服装が多い私には使いづらいかもしれない。やっぱり、ベージュ系が一番無難で使いやすいかな。

目の前にあるキャメル色のパンプスを手に取ると、目の前にワインレッドのスエードパンプスが出現した。何事かと思ったら、どうやら狭山が選んでくれたらしい。

秋らしい綺麗な色だし、ヒールの高さも五センチほどでちょうど良い。シンプルだけれどお洒落《しゃれ》なパンプスだ。

「これ？」

「えぇ」

手に取っていたパンプスを戻して、狭山が選んでくれたパンプスを履いてみる。高さもサイズもフィットしていて、歩きやすい。

鏡の前に行き全体のバランスを見た。

色味も落ち着いていて、オフィスカジュアルにも合いそうだ。狭山はどう思うか見つめてみると黙って頷《うなず》いてくれた。

それが嬉しくて、これに決めた。大切に履こう。

店員さんにこのパンプスを買う旨《むね》を伝えて支払いを済ませた。

また狭山が買ってくれようとしたが、これは私個人の買い物なのだからと遠慮した。

その後は本屋に寄って雑誌と小説を買ったり、ぶらぶらとショッピングモールを見て回る。

夜も七時を過ぎた頃、狭山は夕飯も一緒に取ろうと言った。けれど、私は明日実家に帰る約束があるから早めに帰りたいと言って、断った。

このまま夕飯も一緒に食べてしまったら、後戻りできない関係になりそうな予感がした。

帰りは狭山の車で私のアパート近くのスーパーまで送ってもらった。狭山は家まで送ると言ったが、スーパーで買い物がしたかったし、少し一人になって落ち着きたかった。

狭山とのデートは不思議なほど楽しかった。

多くの男性は女の買い物を待つのが苦手なのに、彼は嫌な顔一つせず付き合ってくれた。あれでモテないなんて、ありえない。

きっととてつもなくモテるんだろうなぁ。

スーパーで買い物し、自宅へ戻る。軽く食事を済ませた後、ぼんやりとテレビを見ていた。

さっきまでずっと狭山といたからか、一人で居ると寂しい。

狭山と居ると楽しくて、寂しさが埋まっていく。彼が隣に居ることがあたり前になるのが怖かった。次はもう、一人で立つ自信がない。

だめだ。なんだかいろいろと考え過ぎてしまう。今日はもう寝てしまおう。

片付けもそこそこにして、私は布団に潜《もぐ》る。けれども目を閉じて浮かんだのは、狭山の笑顔だった。

第四章

狭山とデートした日から、毎週金曜日は、ほぼ彼の家にお泊りに行くようになった。

平日は会社帰りに一緒にご飯を食べて、別れる。

狭山は「服ぐらい置いておけば良いんですよ」なんて言うけど、狭山の家に私の物を置くつもりはない。また、片付ける羽目になった時、つらいから。

私は今の関係のままで構わない。

そんな秋の色が深まる十月の中旬ごろ、私は社長室に呼ばれた。なぜ、社長が私を呼ぶのかがわからず、部長に理由を聞いてみたけれど、部長も知らなかった。

私は会長とは知り合いだが、その息子さんである社長とは親しくない。それなのに呼び出しとは、私は何かやらかしてしまったのか……

思い当たることがなくて首を傾《かし》げる。

「呼び出し？」

「うーん、なんでかわからないから怖い」

「帰ってきたら報告よろしく」

「はーい」

由香里と軽く言葉を交わして、社長室へ向かった。

社長室の前で、服に埃《ほこり》がついていないかチェックする。一度深呼吸をしてから、ドアをノックした。

「どうぞ」

「失礼いたします」

中から声が聞こえたので社長室に入る。

一礼してから頭を上げると、目の前に柴崎会長がいた。

「熊谷ちゃん、久しぶりだね」

「柴崎会長！　ご無沙汰しております。お元気そうで何よりです」

会長は社長のデスクの前のソファに座り、にこにこと笑って私を手招きした。

会長に会うのは久しぶりだ。嬉しくて思わず早足で駆け寄った。

そこで本来の目的がすぽっと頭から抜けていたことを思い出す。

慌《あわ》てて社長へ向き直り改めて頭を下げた。

「あー、そんな畏《かしこ》まらなくて構わない。実際呼んだのは父だからな。いつもうちの父が世話になっているね」

「いえ、私のほうがいつもお世話になっております。それに会長には助けていただきまして……」

私が焦って言うと、会長はにこにこしながら、自分が座っているソファの隣をぽんぽんと叩いた。そこに座れということだろう。

「元気そうで良かった。様子が気になってたからね」

会長は優しく言う。

「ありがとうございます。楽しく仕事をさせていただいています！　みなさん、仲良くしてくれますし」

「それはよかった。これで冨澤くんに報告できるよー」

「……え？」

冨澤――それは私が数ヶ月前まで働いていた会社の上司だ。なぜ此処《ここ》で冨澤課長の名前が出てきたのだろうか。

「熊谷ちゃんが会社を辞めたことをなんで私が知っていたと思う？」

たしかにそれは不思議に思っていたことだ。

何も言っていなかったにもかかわらず、会長は私が退職届けを出した後、連絡をくれた。

会長は悪戯《いたずら》が成功した子どものような笑顔で説明する。

私が辞表を出した後、心配した冨澤課長はかねてから交流があったこの会社の常務――会長の次男――に、私のことを相談してくれたそうだ。

なぜ、冨澤課長が常務と知り合いなのだろうという疑問が新たに生まれたものの、そこはとりあえず置いておく。

常務が会長に話をして、会長が私に声をかけてくれたということだ。まさか課長が私のためにいろいろ動いてくれていたなんて。

嬉しいのと申しわけないのとで、泣きそうになった。

「課長……の、おかげだったんですね」

「きっかけはね。でも勘違いしないでね。うちの会社に誘ったのは言った通り、熊谷ちゃんが仕事に真面目で真っ直ぐな人だから。きっとうちの会社に来ても一生懸命働いてくれると思ったんだ」

会長のその言葉を聞いて、私はもっと頑張ってこの会社に貢献できるようになろうと思った。

今回の呼び出しはこの話を伝えたかったのかと思っていたのだが……

「今日はね、熊谷ちゃんに見せたいものがあったんだ！」

柴崎会長はさらに嬉しそうに笑った。

社長は苦笑いをしながら自分のデスクから立ち上がり、私と会長の前のソファに座る。

会長が茶色の封筒を、机の上に置いてこちらに差し出した。

「なんだと思う？」

「なん、でしょうか？」

ただの茶色の封筒だけではさすがに見当がつかないので、首を傾《かし》げる。

私の反応に満足したのか会長は封筒から中身を取り出した。

「熊谷ちゃんのお見合い写真！」

会長は、取り出した四角い紙をバーンと広げる。

（……!!）

それを見て、私は顔を引きつらせた。

会長はにこにこと笑っているが、私は頭をかかえたくなる。

そして一向に説明を始めない会長の代わりに、社長が説明してくださった。

現在、我が社と他の会社とで合同で行っているプロジェクトがあるのだけれど、先日その会議でお茶を出した私に一目惚れをした奇特な方がいたらしい。

それを知った彼の上司が上に話をした結果、会長と顔見知りだったあちらの社長さんが悪ノリしてお見合いを企画したということみたいだ。

その社長さんは、相当な仲人《なこうど》好きらしい。自分の会社内のカップルはほとんどまとめ終わってしまったので、私に白羽《しらは》の矢が立ったのだ。

「別に私の立場だったり義理だったりは考えなくていいんだ。熊谷ちゃんさえ良ければばって思っただけだしね」

会長はお見合いをすすめつつも、逃げ道を作ってくれる。

「まぁ、できれば顔合わせだけでもしてもらえると、ありがたいんだがね」

一方、社長は私にすまなそうな顔で言う。

「良い人が居るなら、断ってね」

「……」

会長の言葉に思わず息が詰まった。一瞬、狭山の顔が頭を過《よ》ぎる。

なぜ狭山の顔を思い出したのか。理由はわかっているのに、私はそれを認めたくない。

「では、一週間後に返事を聞こう。それまでに受けるか受けないかを決めてほしい。もちろん、会ってみて合わないようならその時点で断ってくれても構わない」

「熊谷ちゃんの幸せが一番だからね」

「は、い。ありがとうございます」

元彼とのことを直接話したことはないけれど、会長は私に何があったのかを知っているのかもしれない。

心配されているのだと思うと、安心させてあげたい気持ちになる。

頭を下げ挨拶《あいさつ》をして社長室を出る。

お見合い写真の入った茶色の封筒を見るとため息が出た。

お見合いか……まさかそんな話が私に舞い込んでくるとは思いもよらなかった。

「……どーうしようかなぁ」

狭山にはお見合いの話がきていることを言ったほうがいいのか。

考えると、私と狭山の関係はとても曖昧《あいまい》だ。

お互い〝好き〟だとか〝愛してる〟だとか言ったことはないし、付き合おうとも言ってない。この年齢になって「付き合ってください」「はい」なんて高校生みたいなことは気恥ずかしいから言わないだけなのかもしれないけど。

週末は大抵狭山の家に泊まって、翌日は一緒に出かけたり、平日はご飯を食べに行ったりしている。でも付き合ってはいない、……と思う。

これはいわゆるセフレみたいなものだろうか？

付き合うという言葉がないからセフレだというのも、なんだかおかしな話だ。

でも、私はその中途半端な関係が心地良かった。

本当は自分がどうしたいのか、わかっている。

もういい大人だというのに、私は何を怖がっているのだろう。

ため息をつきながら、合同プロジェクトでお茶を出した時のことを思い出す。

狭山がメインで動いているプロジェクトだったから、秘書課の早苗ちゃんがおもしろがって私にお茶を出させたのだ。

私が来るなんて狭山は思いもよらないから、きっと驚くって早苗ちゃんは笑っていた。

私もせっかくだしという気持ちになって、しれっとお茶を出したら狭山は少し目を見開いたぐらいの微妙な反応をした。それでも彼の反応が嬉しかった。

それを早苗ちゃんに報告したら「つまんないの」と言われた。狭山はその後で吃驚《びっくり》しましたと告げてきたので私は満足したけれど。

お見合い相手は多分、あの時に居た誰かだろう。人の顔なんて見てなかったから記憶が薄い。

廊下を歩きながら封筒からお見合い写真を取り出した。立ち止まって写真を見ると、かすかに記憶が蘇《よみがえ》る。あぁ、たしかにこんな人、居たような気がする。

（にしても、イケメンですね……）

開いたお見合い写真には、爽《さわ》やかなイケメンが写っていた。雰囲気が柔らかそうな人。

こんな人がなぜ私を選んだのか、わからなかった。


お見合いの話が出てから三日。

狭山にお見合いのことを言いたかったのだけど、こういう時にかぎって二人きりで会えない。

現在お見合いのきっかけとなった合同プロジェクトが忙しく、狭山からは今週は食事も行けないし週末も難しいという連絡があった。

メールで伝えようかとも思ったけれど、うまい文面が思いつかない。

単純に狭山の反応が怖くて、躊躇《ためら》っている部分もある。

なんの反応もされなかったら、きっと私は相当落ちこむだろう。


「りーねー！」

「うわっ」

自販機に向かうため廊下を歩いていたら、後ろから突然抱きつかれた。吃驚《びっくり》しながら振り返ると早苗ちゃんだ。

彼女はにやにや笑っていた。

「お見合いするんだって？」

「は⁉　なんで⁉」

「こういう情報はいち早く手に入るもの。秘書ですからね」

「そんな特権のようなものがあるんですか、秘書の方々には‼　一応これプライベートに入るんじゃないんですかね！　後、保留中でまだお見合いすると決めたわけではないんだけどな」

私は一気にそんなことをまくしたてる。

早苗ちゃんは、そんな私を宥《なだ》めながら不思議そうな顔をした。

「あれ、断らないの？」

「なんで？」

「いや、だって主任と付き合ってるんじゃないの？」

「え、別に付き合ってないけど……」

なんで私と狭山が付き合ってると思ったのだろうか？

私は狭山と社内で親しげにした覚えはないんだけど。

私の言葉に早苗ちゃんの眉間に皺《しわ》が寄る。

「ちっ、あいつ何やってんのよ」

ぼそりと、早苗ちゃんは意味のわからないことを言う。

「あいつって誰？」

私が首を傾《かし》げたら「なんでもない」とごまかされてしまった。

早苗ちゃんと別れて角を曲がると、同じ部署の子がいた。

もしかして話を聞かれたかも、と少し不安になったけれど、聞かれていたら聞かれていた時だと腹をくくる。

自販機で飲み物を買ってからデスクに戻ると、案の定目をきらきらさせた女子たちが私の傍にやってきた。

「お見合いするんですか？」

「そういう話があるだけで、するとは決めてないの」

「どんな人なんですかー？」

「さぁ？　まだ釣書をきちんと見てないし、どんな人かわからないな」

「えー、そんなー」

私には彼女たちを楽しませる話題を提供する理由はない。

どうしようかと困っていると、由香里が助け舟を出してくれたので、無事質問攻撃から逃げられた。

けれど、今度はなぜか由香里からあきれたように言われた。

「主任には言ったの？」

「……！」

由香里も早苗ちゃんも、なんで狭山の名前を出すのだろう。彼女たちに狭山との関係を話したことはないのに。

由香里にはこの間の呼び出しは、会長が私の様子を見に来ただけだと説明していた。そのため、ランチの時に怒られた。

「まったく！　なんですぐに言わないのよ」

「いやぁ、……なんていうか受けるか受けないか決めかねているからさ。結論を出してから報告しようと思っていたんだよね」

「ま、利音らしい気もするわ」

本日のランチは近場にある定食屋さんだ。

美味《おい》しいのだが利用客は女性よりも男性のほうが多いので、こういった話をするにはちょうどいい。

社内の女の子がいたら、話を聞かれて、噂を立てられるかもしれないものね。

「会長たちの顔を立てなきゃいけないと思うし、会うだけは会うつもり」

「いいの？」

「うーん……。断る前提で会うのは申しわけないとも思うんだけどね」

由香里はそういうことが言いたいんじゃないとため息をついた。そんな彼女を見て、やっぱり狭山にもきちんと伝えようと決めた。

仕事を終え自宅に帰ってからスマホと睨《にら》めっこをする。

電話をかけて仕事の邪魔をするのも微妙だ。直接会って話す時間もなさそうだし、とりあえずメールで連絡をしよう。

普段狭山を含め仲の良い人とはＳＮＳを使って連絡している。それが早いし便利だから。

ただ、今回の件に関してはなんとなくＳＮＳではなくメールを送ることにした。

【会長に、お見合いしないかって言われました。とりあえず会うだけ会うことになると思います。利音】

なんと言えばいいのかわからなくて何度も打ち直し、結局用件だけのメールを、最後に勢いをつけて送信した。

スマホを握ったまま連絡を待ったが、狭山からの返事はなかった。

予想できたこととはいえ、彼からの反応がなかったことに、胸が苦しくなる。

その日は膝をかかえたまま遅くまで眠れなかった。

次の日始業前に早苗ちゃんに呼び出された。

うちの部署の部長に渡してほしい資料があるとのことだったのに、行ってみたら、私のお見合い相手について聞かされた。どうやらそれが目的で私を呼んだらしい。

そんなに簡単にいろんな情報が漏れるなんて、会社の情報管理が心配になる。

とはいえ、聞いたところによると、私のお見合い相手はかなり良い人らしい。早苗ちゃん曰《いわ》く、性格は穏やかで真面目。仕事ができて、上司や後輩からの信頼も厚く、女性からの人気もある。欠点があるとすれば、身長がそんなに高くないこと。これから出世するだろうし、これ以上ないくらい素晴らしい人だそうだ。

なのになぜお見合い相手が私なんだろうと不思議に思う。

少し伸びたショートボブの髪を触りながら、私はポケットから鏡を取り出し自分を見た。

ファッションセンスがないとは思わないが、とりたてていいわけでもない。個性もあまりないし、目立つタイプではない。

胸は大きいが、バランスがとれていないのでスタイルはよくない。

私は思わず眉間に皺《しわ》を寄せた。胸が大きいと横幅もあるように見えて、太って見えるのだ。

やっぱりわからない。私のどこに一目惚れされるような要素があったのだろう。

考えてもしかたないので、ため息をついて鏡を閉じた。

ついでに給湯室で珈琲《コーヒー》でも淹《い》れてから戻ろうと思い、そちらに向かいながらスマホを取り出して新着メールの確認をしてみる。

けれど狭山からの返事は一向にこない。

仕事が忙しくて返事ができないのか、興味がないのか、それとも怒ってるのか……彼が怒る理由はないけどさ。

「はぁ……もやもやする」

私は狭山になんて言ってもらいたいのだろう。

行くなと言われたら困るくせに、心のどこかでそれを望んでいた。

会長から直接いただいた話なので、行くのは決めていたが、狭山に止めてもらいたかったのも事実。笑って良かったですねなんて言われるよりはいいのかもしれないけれど、無視されるのも胸にくる。

気持ちが落ちると視線も下に落ちる。

俯《うつむ》きがちに歩いていたので、角の柱にぶつかりそうになり立ち止まった。

再び歩き出そうとした時、柱の向こうから狭山の声が聞こえた。

普通に出ていけば良いのに、私は柱の陰からそうっと様子をうかがう。

彼が一人なら声をかけたいところだが、誰かと一緒に居るらしい。声の感じからして、もう一人はうちの部署の結城さんだ。

なんとなく二人と顔を合わせたくなくて踵《きびす》を返そうとした瞬間、二人の会話が耳に入った。

「そういえば、うちの部の熊谷さん、お見合いするみたいなんですよー」

「そうなんですか？」

「はいー、お相手の方がすっごい素敵な人みたいでー。熊谷さん、楽しみにしてるってー」

いつの間にか結城さんの中では、私がお見合いを楽しみにしていることになっている。そもそも、会長に正式な返事すらしていないのに、どんどん勝手に話が作られているようだ。

彼女の甘ったるい声が耳に纏《まと》わりついた。

男性受けしそうな可愛い声。

私にはないものだ。甘い声も出せないし、男性に可愛く縋《すが》ることもできない。

（……本当、可愛くない女……）

なぜだか無性に自分自身に苛立《いらだ》ってきた。

思わずヒールをカツンと鳴らしたくなったのを必死に我慢する。

「主任ってー、熊谷さんと仲良いって聞いたんですけどー」

「仲良い、ですか」

狭山の声は淡々としていて、この話にたいして興味がなさそうな感じがする。結城さんはそれに気づいていないのか、気づいていてもめげないのか、楽しげな声で続けた。

「はいー。高校が同じだったたって聞いたのでー。だからー、主任も熊谷さんから何か聞いてるのかなーって」

結城さんは、狭山と仲の良い人間の話題だったら、彼の興味がひけると思ったのだろう。あいにく、それは成功していなかったが……

いい加減趣味の悪い立ち聞きをやめて立ち去ろう。

給湯室に行くには、彼らの前を通らなければいけないので、珈琲《コーヒー》は諦めるしかない。

けれど踵《きびす》を返した瞬間に聞こえた狭山の声。

「いいえ、俺は何も知らないですよ。関係ないですし」

手に持っていた資料を床に落としそうになった。

関係ないだって……関係ないってなんなのよ。

狭山の口からはっきりと出た言葉に私は予想以上の衝撃を受ける。

連絡を待ちながら、怒ってるのかもと、もやもやしていた自分が惨《みじ》めだ。

涙が出そうになる。必死に下唇を噛《か》んで、爪が食い込むぐらい握り拳《こぶし》を作った。

そうよ、たしかに関係なんかないわよ。

お互い何かを約束した関係じゃないし、狭山の言っていることは間違っていない。

私たちは特別な関係でもない。

なのに、こんなにも泣きたくなる。

私は彼らを避けるために遠回りして自分の部署に帰った。

社長にお見合いをお受けすると伝えてから、一週間。

合同プロジェクトが一段落し、私はお見合い相手と顔合わせすることになった。

畏《かしこ》まらなくても良いと言われたので、母に来てもらうこともなく一人で行くことにする。

服をどうしようと悩みながら、私は自宅の鏡の前で自分の姿を見た。

ネイビーのフレアスカートワンピースに淡いベージュのジャケット。首元が寂しいのでパールのネックレスをつけた。

何度も変なところはないかとチェックする。センスの良い綾香に写メを送って確認してもらったので大丈夫なはず！

玄関で靴を選ぶ時、狭山が選んでくれたワインレッドのパンプスが目に入った。

気に入っているし、多分今日の服にも合う。

けれど、なんとなくこのパンプスを履くのは躊躇《ちゅうちょ》があった。

私のことなど関係ないと言い切った彼の姿が頭に浮かぶ。

それを振り切るように下駄箱《げたばこ》からアイボリーのポインテッドトゥパンプスを出して、お見合い場所のホテルへ向かった。

土曜日の昼二時過ぎのホテルは、そこそこ賑《にぎ》わっていた。待ち合わせ時間より一時間も前にホテルのロビーへと着く。

なのに、すでにお見合い相手である片岡《かたおか》さんがロビーのソファに座っていた。

私は慌《あわ》てて彼に駆け寄る。

「申しわけございません。大変お待たせしてしまい……」

「あ、いえ。僕のほうが緊張して、早く来過ぎてしまったんです」

立ち上がって頬を染めながら、照れたように言う彼を見て、とても可愛らしい人だなと思った。

本当なら仲人《なこうど》が居るのが普通だろうが、片岡さんの要望により最初から二人きりだ。

不思議に思ったけど、私のほうもあまり大げさにしたくなかったので、ありがたかった。

「今日は天気も良くて気持ちが良いので、散歩でもしませんか」

片岡さんが爽《さわ》やかに言う。

「はい、もちろんです」

私はどこか後ろめたい気持ちを持ったまま笑顔で返事した。

私たちは、ホテルを出て公園へ続く並木道を歩く。

イチョウの葉がひらひらと落ちて地面を黄色に染める。

お見合いのこと、狭山のこと……頭の中がごちゃごちゃで、もやもやしていたけれど、美しい景色を見ているうちに、心の中が少しずつ晴れていく。こういう日に昼寝でもしたら気持ち良いだろう。

「こういう日に昼寝すると、贅沢《ぜいたく》な感じがして良いんですよ」

片岡さんが何げなく言った。

「え……」

「あ、すいません。変なこと言っちゃいましたね」

「いえ、そんなこと。昼寝って贅沢《ぜいたく》で気持ちが良いですよね」

吃驚《びっくり》した。同じようなことを同じタイミングで思うなんてなかなかないことだ。

片岡さんとは相性が良さそうな気がした。

彼となら穏やかな人生を築いていけるかもしれない。

それなのに、なんでだろうか。

私は、自分のことを「関係ない」と言った狭山のことが頭から離れなかった。

自分の中でどんなにごまかしても、私は結局狭山のことが……

そう思った瞬間、自分のやっていることが祥太郎のやったことと同じような気がして恥ずかしくなり、自分のことを殴りたくなった。

たとえ、狭山のほうは、私と付き合っている気がなかったとしても私はお見合いなんかするべきではなかった。

会長からいただいたお話だから断れないなんて言いわけだ。

自己嫌悪に陥《おちい》って立ち止まり俯《うつむ》いた私に、片岡さんが声をかける。

「……熊谷さん」

「はい」

私は真っ直ぐに片岡さんを見る。片岡さんは、少し寂しそうに笑った。

「一度だけ会って話をしてみたかったんです。熊谷さんの心の中に誰かが居るのはわかっていますから」

「……っ、な……んで……」

片岡さんは穏やかに私と初めて会った日のことを話し始める。

合同プロジェクトの会議で、楽しそうにお茶を出していた私。そんなふうに満面の笑みで仕事をする人が珍しくて、ずっと目で追っていたそうだ。私が笑顔の理由はすぐにわかった。私がちらちら狭山のほうを見てたから。何か悪戯《いたずら》をしたんだろうと見当がついた。私は部屋を出る時、もう一度、狭山のほうを見てにっこりと笑ったそうだ。

「だからね、脈がないことはわかっていたんです。それでも、一度でいいから会って話をしてみたかった。社長に見合い話をされた時は嬉しくて、進んでいくお見合い話を止めることはしませんでした」

二人だけで会うように要望したのは、私が断りやすいようにだと言って片岡さんは笑った。

片岡さんの話を聞いて私の目からぼろりと涙が零《こぼ》れた。

優しい彼にたいして、私はなんて汚いのだろうか。

「あぁっ!?　す、すみません！　泣かせるつもりなどなかったのですが……！」

片岡さんは、焦ったように私にハンカチを貸してくれる。

「い、いえっ、私のほうこそっ、すみま……せんっ」

止まれ、止まれと自分に言い聞かせるのに零《こぼ》れる涙が止まらない。泣きたくないし、片岡さんを困らせるだけだとわかっているのに、どうしようもなかった。

「一度ホテルに戻りましょう」

片岡さんに促《うなが》されるままに先ほどのホテルへ戻る。何度も片岡さんに頭を下げながら私は化粧室へ飛び込んだ。


鏡の中に映る自分は、涙で化粧がぼろぼろになってひどいありさまだ。

その顔は、中途半端で卑怯《ひきょう》な自分にふさわしく、醜《みにく》い。

「最低にもほどがあるでしょ……！」

付けていたピアスを思い切り洗面台に叩きつけた。

ホテルの化粧室で何をしてるんだと思うけれど、今はそんなこと考えていられない。誰もいなくてよかった。

片岡さんは笑いながら「友達になれたら嬉しいな」と言ってくれた。私も彼とは良い友達になれると思う。

穏やかで優しい人、優し過ぎる人。私にはもったいなさ過ぎる人。

「はぁ……」

ずびっと鼻を啜《すす》ってゆっくりと呼吸する。

私は洗面台に叩きつけたピアスを手に取った。あんなに勢いをつけて叩きつけたのに傷一つついていなかった。

化粧ポーチから化粧落としシートを取り出し、化粧を落とす。

ひどい顔。

それでも、これが素《す》の自分だ。

顔を洗い、水滴を洗面台に落としながら鏡をじっと見つめる。

少し深呼吸をして、言葉にした。

「……狭山が好き」

口に出すことで認めてあげて感情を受け入れる。

涙が水滴に混じってぼたぼたと落ちていった。

あぁ、そうだね。私は泣くぐらい狭山のこと好きになってたね。

私はあの日、狭山じゃなかったらついていかなかった。

だって、狭山は優しかったから。高校生の時、ひどい八つ当たりをして気まずい思いをさせたのに、同窓会の二次会の時、狭山は私を心配してくれた。彼なら黙って私を受け止めてくれると思ったのだ。

荒《すさ》んでちょっと自暴自棄《じぼうじき》気味だった私にとって、狭山の優しさは何よりの特効薬になった。

狭山に抱かれたことを後悔はしていない。けれど、あんなふうに利用するべきではなかった。だから私は、逃げたのだ。これ以上一緒にいたら、私は狭山が欲しくなる。一晩だけじゃなく、ずっと一緒にいたくなるから。

「もう一度なんて、会いたくなかったのよ」

だって、もう一度貴方に会ったなら私は……

私は、狭山が好きになるってわかっていた。

好きになってしまったら、その先を考えて不安で怖くて苦しくなる。

狭山を失う未来を恐れて、最初から気持ちに蓋をして、なかったことにしたんだ。

なんて子どもみたいな考えだろう。

あの馬鹿のことがトラウマになってるのかもしれない。いつも捨てられるかもしれないという恐怖が纏《まと》わりつく。

だって、狭山はこれから出世するし、女にだって困らない良い男だ。

でも。

……それでも、ケジメはつけないといけない。

狭山を好きだと自覚したんだ。このままの関係で良いなんて言えない。もうセフレで良いなんて言えない。

だから狭山に会って、話をしよう。

ちゃんと伝えよう、後悔しないように好きですって。

心に従って決めるとすっきりした。

タオルで顔を拭いて、化粧をしなおす。

最低限の化粧道具しか持っていないので、よそ行きのワンピースとはアンバランスだ。

それでも私は鏡の前で笑顔を作る。

まずさんざんお待たせしている片岡さんに、もう一度謝罪してきちんとお断りしよう。

それから狭山のマンションに行くの。

時計で時間を確認すると、午後四時過ぎだった。

このホテルから狭山のマンションまでは三十分。会いに行くのに問題ない時間帯だ。

ロビーにでると片岡さんがソファから立ち上がって私のもとへとやってくる。

「大丈夫ですか?」

「はい、ご迷惑をおかけして申しわけないです」

「……すっきりした顔をしてますね」

「片岡さんのおかげです。彼に会いに行こうと思います」

そう言って頭を下げると、片岡さんがくすくすと笑う。

不思議に思い顔を上げる。

「その必要はないようですよ」

「え？」

片岡さんが顔を向けたほうに視線を向けると、そこに居るはずのない男が立っていた。

いつもきっちりとまとめている髪は乱れていて、少し息を乱している。

「……さ、やま……」

ただ見つめることしかできない私の背中を、片岡さんが押してくれた。その力に従って真っ直ぐ狭山のもとへと走り出す。

「うわっ」

足を捩《ねじ》ってよろけた私を、狭山の腕が支えてくれた。

「酔ってても酔ってなくても、しっかり歩けないんですね」

「ご、ごめん」

まるで少女漫画みたいな場面だと場違いなことを考えていたが、見上げた狭山の顔はもの凄《すご》く怒っていた。

思わず小さく「ひぃ」と声を上げてしまう。

突然狭山にかかえ上げられ肩にかつがれた。

「ちょ、狭山!?」

「黙っていなさい」

人の出入りが多いホテルのロビーでかつぎ上げられ、恥ずかしくて暴れるものの、狭山は強い力で私を掴んで離さない。

珍しく声にも苛立《いらだ》ちが出ているが、いったい何に怒っているというのか。

視線を上げると片岡さんが口ぱくで「頑張れ」と言いながら、手を振ってくれた。

片岡さんに助けを求めるのも変な気がして、私はそのまま狭山に連れ去られた。


近くに停まっていた狭山の車へと押し込まれる。

狭山は運転席に乗り込んですぐ、何も言わず車を走らせた。

どこに向かっているのかもわからないまま、窓から外を眺める。

彼が何を怒っているのかもわからなかったが、口を開くと余計怒らせてしまうような気がして、ただ大人しくしていた。

車が停まったのは狭山のマンションの駐車場だった。

狭山が降りたので、私も降りようとドアに手をかけた瞬間、外からドアが開けられた。狭山に腕を引っ張られる。

逃げ出したいぐらい、超怖い！

腕をキツく握られた。痛いけれど、それを彼に訴える度胸はなかった。

エレベーターに乗っている間も、狭山は黙ったまま私の腕を掴んで離さない。

狭山の部屋につき、玄関のドアが閉まった瞬間そのまま壁に追いやられた。狭山は怒りを抑えられないというように壁を叩く。

「どういうことですか」

怒気を含んだ声ですごまれた。

怖い。

なぜここまで怒られなきゃならないんだ。

だんだんと私も腹が立ってきて、とうとう怒りが恐怖を超えた。

「何が」

「……っ、お見合い！」

眉間に皺《しわ》を寄せながら、狭山が怒鳴る。

彼が言葉を荒らげるのなんて初めて見た。

私は怒りも忘れ、目を大きく見開いて呆然としてしまう。

「今日がお見合いだと宮守から聞きました」

日時は伝えてなかったのにどうしてわかったのかと思っていたけど、由香里から聞いたのか。

「お見合いだったよ。会ってきた……つっ、痛い！」

「痛くしてるんですよ」

我慢できなくはないけれど、相当痛い。でも、それが嬉しかった。

だって、まるで狭山が嫉妬《しっと》しているみたいじゃないか。狭山はそんな私の様子には気がついていないようで、さらに言葉を続ける。

「どういうつもりですか？　なんで言わなかったんですか？」

「は？　日時のこと？　見合いするっていうこと？　ちゃんと連絡したよ！　返事くれなかったの狭山じゃん！」

「……連絡、くれてたんですか？」

「したよ……。会長にすすめられて見合いするかもしれないって。とりあえず会うだけ会うことにはなると思うって」

狭山は掴んでいた私の腕を離して、上着の内ポケットから自分のスマホをとり出す。

何をしてるのかと思えば、ＳＮＳを確認していた。

それを見て、なぜ狭山から返事がこなかったか理由がわかった。

普段私と狭山はメールでやりとりはしない。

メールで連絡したのは今回が初めてだ。

「メール……で、連絡した」

「……貴女、普段ＳＮＳでしか連絡してこないのに、なぜこれに限ってはメールだったんですか」

私の言葉を聞いて狭山はメールを開き、あきれたような声を出した。

大事なことだからと思ってメールにしたんだけど、どうやら狭山はメールを確認する習慣がないようだ。

「ごめん……」

私は小さく謝った。

「……いいえ、俺がちゃんとメールの確認をすればよかったんです。すみません」

「……」

「痛く……、ないわけないですね」

狭山は先ほどまで掴んでいた私の腕を撫《な》でた。

返事をしたいけれど今声を出したら涙が出そうで、口を開くことができない。腕を取られて狭山の指の痕《あと》にキスを落とされた。

あぁ、久しぶりの狭山の唇だ。

このまま彼を好きだと言ってしまいたかった。

けれど、ずっと気になっていたことがある。

私の腕に口付けをする狭山を見たまま、震える唇を開く。

「関係、ない、って……。私が、お見合いするって聞いても、狭山……関係ないって言った」

「いったい何のことですか？」

狭山は顔を上げ、怪訝《けげん》そうに私を見る。

「結城さんに言ったじゃない。私とは関係ないって！」

「あぁ、あの時ですか。近くにいたんですね」

狭山は思い出したようで、一つ頷《うなず》いた。

「貴女のことを他人から教えられて、腹が立ったんですよ。それに、動揺していることなど悟られたくなかったですしね」

狭山は、恥ずかしそうに私から目を逸《そ》らした。

さらにはあの時は合同プロジェクトが忙しかったため、睡眠不足で苛《いら》ついていたと言う。

「おまけに、貴女とも会えなかったし」

俯《うつむ》く狭山を私は少し可愛いと思った。

「いつまでも此処《ここ》で話すのもなんですね。おいで」

「……うん」

そっと手を取られリビングへと誘導される。ソファに座ると狭山は優しく私の頭を撫《な》でてくれた。

それだけで幸せだな、と思う。

淹《い》れたての珈琲《コーヒー》を一口飲んでひと息ついた。狭山は私の隣に座り腰を引き寄せてくる。

しばらくぶりの狭山の温もりに安心した。この腕の中はまるでゆりかご。穏やかで優しい。

「由香里に聞いたんだよね？」

「えぇ、そうですよ。ただ宮守に聞いたのは今日お見合いがあるっていう話だけです。堂島は捕まらなかったので、貴女がどこにいるのかはわからなかったんですよ」

たしかに私は由香里にお見合いの場所は教えていない。

だったら、なんで私が居るホテルがわかったんだろう？

首を傾《かし》げると、狭山が説明をしてくれた。

私からの連絡を待っていた狭山は、いつまで経っても連絡がこないことに、ぶちんと切れたそうだ。

私に連絡しても繋がらなくて由香里に電話した。そこでお見合いが今日であると知ったが、場所がわからない。すぐに早苗ちゃんに連絡するも、つかまらず。心あたりがあるのは後一人だけだと思い、そこに連絡をしたという。

「心あたりのある人？」

「長浜さんですよ。貴女の友人の」

「綾香!?　綾香に連絡したの!?」

たしかに私は服装を確認するために綾香に連絡をした。当然、何のための服装かも話したので、お見合いの場所も伝えたんだ。

いや、でも狭山は綾香の連絡先は知らないんじゃ？

不思議に思い私が聞くと、狭山は答えた。

「俺の友人に、長浜さんの今の連絡先を知っている人はいないか聞いてもらったんですよ。同窓会があったばかりだから、結構すぐにわかりましたよ」

　まさか綾香にまで連絡をしたとは思っていなかった。

　思わず口をぱくぱくと開けては閉めてを繰り返す。

「というか貴女、長浜さんに俺たちのこと言ってなかったみたいですね」

「うっ……」

　いくら友人とはいえ、寂しさのあまり親しくもなかった同窓生とセフレみたいな関係になりましたとは言えるわけがない。

　一応あの馬鹿と別れたこと、その後にいろいろあって会社を辞めたこと、今狭山と同じ会社に勤めていることは言ってあるけど。狭山とのことなんて詳しく説明してないし、できない！

「貴女の居場所を教えてもらうのは、大変だったんですからね」

「ご、めん……。でも、なんて説明したら良いかわからなかったし」

「……？　何を悩むんですか、普通に恋人だって言えば良いでしょうに」

「へ？」

「……は？」

　お互い顔を見合わせる。

　狭山のこんな呆けた顔、初めて見た。

　沈黙が数秒続いて、少し気まずくなる。

すると、狭山は自分の顔を覆《おお》って深くため息をついた。

「貴女、俺と付き合っているつもりなかったんですか……」

頷《うなず》けるような雰囲気ではなく、私は無言で狭山を見つめる。

「俺がどうでもいい女を家に呼ぶと思いますか」

「狭山の女関係よくわかんないし……。なんとなく……なのかなと……」

わぁああ！　また思いっきりため息つかれたよー！　な、何それ私が悪いの？　私がいけないの？　そりゃ、狭山が私を好きになってくれるとは思っていなかったから、セフレみたいな関係のままでいいと思ってはいたけどさ。

「自分をホテルに置いていった女に、なんで自分から接触したんだと思っていたんですか」

「う、うぅん……。普通なら無視……よね」

「えぇ、そうです。それに、好きでもない女を抱く趣味はありません」

「……」

狭山の言葉に、じっと彼を見つめてしまう。

今、この人は何て言ったの？

「何、呆けてるんですか」

「だ、だって！　今好きって……好き？　誰が？　誰を？　好き？」

「俺が、利音を」

一瞬、息が止まった。狭山の言葉が頭の中でリフレインする。

これは現実なんだろうか？

そうか狭山は私が好きなんだ。だから、傍にいてくれたんだ。

隣に座る狭山のほうに身体をむける。

「狭山、……好き」

「ええ、知ってますよ」

「うん、好き……でも……」

「……怖い、ですか」

躊躇《ためら》った言葉を狭山が引き継いでくれた。

怖い、そう……私は怖いんだ。狭山に捨てられて彼がいなくなってしまうことが、怖くて怖くてしかたない。

視線を下に落として、ぎゅっと握りしめた自分の手の甲を見つめた。

すっ——と目の前に、私の手よりも一回り大きい手が現れた。その手は、私の両手を優しく包む。

顔を上げると、狭山は自分の額を私の頬にくっつけた。

「大丈夫です。俺は利音を一生手放す気はありません。好きですよ……。俺には利音だけです」

その言葉が嬉しかった。

自分を受け入れてもらえることに幸せを感じる。贅沢《ぜいたく》で泣きたくなるほどの幸せだ。

この人なら、きっと、大丈夫だ。心配なんかしなくても、大丈夫。

腕を伸ばして抱きつくと、彼は優しく抱き締め返してくれた。

久しぶりの温《ぬく》もりに心が落ちつく。私の心も身体も、もう狭山から離れられないと思った。

「それで、お見合いはどうだったんですか」

「うぐ」

幸せにひたっている私をよそに、狭山は不機嫌に言う。その手はちゃっかり、私のお尻を触っている。

ぺしっと狭山の手を叩くものの、彼は気にもせず私のお尻をやわやわと揉《も》む。

話が聞きたいなら、聞く態度になってほしい。

狭山がやめてくれるのを待つのもめんどうくさかったので、触られながらお見合いの話をすることにした。

「お見合い相手、片岡さんっていうんだけど」

「あぁ……」

合同プロジェクトのメンバーだったわけだし、狭山も片岡さんを知っているようだ。

私はお見合いのことを狭山に話す。片岡さんが、私の気持ちに気がついていたこと。私が狭山を好きだと自覚したこと……

「片岡さんめっちゃ良い男だった……。なんで、私なんかにって思うほっ、んん」

「んっ、俺の前で他の男をほめるとは、いい度胸ですね」

私のお尻を触る狭山の手に力が入った。彼の嫉妬《しっと》が心地良くて私は触れるだけのキスをする。狭山は身体を擦《す》り寄せてきた。

「他には？　何か聞きたいことある？」

私が聞くと狭山は数秒、考えこむ。

「そうですね。あぁ、貴女、俺以外にも誘ったことあるんですか？」

「な！　い！　で！　す！」

少し大きな声で私は即答した。

何を言い出すのかと思えば！

いや、でも、男性的には気になるところよね。自分の恋人が男を気軽に誘うような女なんて思いたくないもんね。

私の答えを聞いて彼は満足げに頷《うなず》く。

「でも……なんで？」

「何がですか」

「なんで、私を好きになったの？」

いつから？

全然わからないし、私のどこが良かったのか思い当たらない。

同窓会では卒業以来初めて会った。高校の頃だって狭山と話したのは私が八つ当たりした時だけだ。むしろ印象は悪いだろう。一目惚れされるほど綺麗でもないし……

狭山が私を好きだという言葉は信じられる。だって、彼の私を見る目はいつだって熱がこもっているから。

狭山を思う気持ちに素直になった今ならわかる。狭山の瞳はあの同窓会の夜から変わらない。彼はいつから私のことを好きでいてくれたのだろうか？


「そう、ですね。それはこの熱を収めてからにしましょうか」

「なっ……！」

そう言うと、ずっと私のお尻を触っていた手がワンピースのスカートの中へと侵入してきた。

「それにしても腹が立ちますね。俺以外の男のために、こんな格好をするなんて」

「んっ、しょうがないじゃん。会長が紹介してくれたんだよ？　それなりにちゃんとしないと……って、きゃぁ」

私の返答が気に入らなかったのか、ドサっとソファの上に押し倒される。

スカートを捲《まく》られ、肌色のストッキングが狭山の前に晒《さら》された。狭山は私を上から見下ろしながら、自分の髪の毛を掻《か》き上げる。

たったそれだけの仕草に、私の身体が反応した。

狭山はするすると私の太ももを撫《な》でる。

もどかしくて、ストッキングを脱いでしまいたくなった。

ビリッ――

「うぇえっ!?」

「あぁ、良いですね。とても扇情的《せんじょうてき》ですよ」

驚いて、音がしたほうへ視線をやると、ストッキングが無残に引きちぎられていた。

安物だから構わないけどさすがに、吃驚《びっくり》した。

そのまま狭山は二度と穿《は》けなくなってしまったストッキングを破いていく。

中途半端にさらされた素肌が妙に淫《みだ》らだ。

「この服も脱いでしまいましょうか。他の男が触った服など、見ていたくありませんからね」

ジャケットとワンピースを脱がされた。残っているのは下着と破れたストッキングだけという、なんとも間抜けな格好。それなのに、彼の目は欲情を孕《はら》む。

背中に回った狭山の手によって、ブラも外され、大きな胸がぶるりと揺れた。

「相変わらずたまらない胸ですね。あぁ、言っておきますが利音の全部がたまりませんからね。胸だけで貴女を選んだと思われたら心外なので言っておきます」

狭山は胸をぐにぐにと揉《も》みしだく。弄《いじ》られて尖り出した頂《いただき》が外気に触れたことで、さらに敏感になる。そこを指の腹で擦《こす》られた。

谷間に狭山の唇が落ちて、ちゅうっとキツく吸われた。赤い痕《あと》が残される。

「貴女が俺の物だという証《あかし》ですよ」

狭山は満足そうに笑った。

胸を舌が這っていく。乳輪を丹念《たんねん》に舐められ、頂《いただき》を唇に含まれた。転がすように舐められ、甘く歯で噛《か》まれると、身体がびくりと動く。

「ひぅっ」

「軽くイきましたね？　噛《か》まれるのが良いなんて、いけない人ですね」

言い返したかったのに、彼の唾液《だえき》でぬらぬらと光るそこに息を吹きかけられ、何も考えられなくなった。ただ、勝手に甘い声だけが漏れていく。

乳輪ごと狭山に咥《くわ》えられ、じゅるりと吸い上げられた。ふくよかな胸が変形する。ふやけてしまうのではないかと思うほど胸を吸われ、それだけで息が上がった。彼の唇が離れると唾液《だえき》と汗が素肌を汚していた。彼の舌は胸から脇へと向かう。

「さ、さっ、さやま!?　そこはだめ！　いくらなんでもだめ！」

「だめじゃないですよ」

左脇をじっとりと舐められる。初めての体験に下腹部がいつも以上にむずむずと疼《うず》いた。

そこから二の腕や肘、最後には指を一本ずつ口に含まれる。

狭山の左指が私の唇をぐっと押した。

その意味を理解した私は口を開き、彼の指を口に含んだ。狭山がやったのと同じように、指を一本ずつ舐め上げる。

彼は目を細めて笑みを浮かべた。

そしてお互いの左の薬指を舐めあう。それは何かの儀式のようだった。

恥ずかしいのに、それが自分をより高みへと押し上げていく。

膝をかかえ上げて、狭山が太ももを撫《な》でる。破られたストッキングはそのままで、なんだかいけないことをしている気分になってしまう。

「……、変態」

「そうですね。貴女限定の変態ですね」

「うぅっ、開き直らないっ……ひんっ、太もも舐めない、んっ」

ストッキング越しの感触がもどかしい。我慢ができなくなってくる。

ちゃんと、直接、全部触ってほしい。

「も、やぁ……。脱がしてっ」

「……っ、煽《あお》るのがうまくて本当に困ります」

狭山はストッキングと一緒に下着も脱がせた。

使いものにならなくなったストッキングを見て、後で狭山にコンビニへ買いに行かせようと決めた。

狭山は改めて私の足をかかえなおし、足首から膝裏《ひざ》、太ももへ口付けを落とす。やがてその唇は足の付け根へとたどりついた。

彼に秘所を見られているだけで、息が上がってしまう。

「もうこんなに濡れて、そんなに気持ちがよかったんですか？」

秘所が期待するようにひくひくと蠢《うごめ》いた。

彼の指が陰唇を擦《こす》ったかと思うと、ぬぷっとゆっくり膣内に挿入される。

「んんっ、は、ぁ」

浅い部分を確かめるように指は行き来を繰り返した。

一本から、二本、三本と指が増え、じゅぽじゅぽと淫猥《いんわい》な音がリビングに響く。自分でもわかるぐらいに、蜜が溢《あふ》れ、濡れそぼっている。

「そ、ふぁ……汚れ、ちゃう」

「気にしないで良いですよ。むしろもっと汚してください」

狭山は楽しそうに笑う。そして指の動きを止めないまま秘所へと唇を寄せた。

舌先を尖らせ掬《すく》い上げるように、溢《あふ》れ出る蜜を啜《すす》る。

「ひぁっ、あ、あ、っ」

じゅるじゅると蜜を呑み干し、花芯を指の腹でぐりぐりと押し潰す。

目の奥でちかちかと火花が散った。

「や、やだぁっ、だめ、だめ、だめ！」

「良いんですよ。イッてしまいなさい」

私の限界が近いことがわかったのか、狭山は花芯を唇で咥《くわ》え、甘く噛《か》んだ。その甘い責め苦に足の指先から駆け上がる疼《うず》きを止めることができず、身体は痙攣《けいれん》し達した。

「ひあぁあああ……っ」

ソファの上に身体をだらりと横たえる。苦しいほどの快楽で頭の神経が焼き切れてしまいそうだ。

脱力した身体を抱き起こされ、両足を開いた形で、ソファに座らされる。

「あっ……」

「もっとぐずぐずに解《ほぐ》してあげますね」

「や、ぁっ」

ソファに染みてしまうほどに蜜が滴《したた》り落ちているのに、狭山は愛撫をやめてくれない。

私の両太ももをかかえて肩にのせ、飽くことなく激しい口淫を施《ほどこ》し続ける。濡れた内壁を舌で掻《か》き回され、腰が浮き甲高い嬌声《きょうせい》を上げてしまった。

ぬちゅぬちゅと粘着質な音を立てながら指を抽挿《ちゅうそう》され、私は狭山の頭を太ももで挟んだ。狭山はそんなことも気にならないのか、指を奥へと挿入し、疼《うず》く膣内を嬲《なぶ》る。

「あ、あ、また、またきちゃうっ」

押し寄せてきた波に呑み込まれそうになった時、突如として狭山は舌を膣内から引き、私の足を床へ下ろした。

「え？　え？　な、なんで……」

おあずけをされ、泣きそうになる私に狭山は笑いかける。

「次は俺のでイきましょうか」

そう言うと、狭山はシャツとジーンズを脱ぎ捨てた。臍《へそ》に届きそうなほどに屹立《きつりつ》した欲望の証《あかし》が晒《さら》される。

彼はそれに避妊具をつけてソファに座り、私を自分の膝《ひざ》の上へと乗せた。

「さ、やま？」

「今日は上に乗ってもらいましょうか。深く差し込んであげますよ」

狭山の瞳に情欲の光が灯る。彼のものがびくびくと動き、はやく私の中に入りたいと渇望しているのがわかった。

しとどに濡れた秘所に、硬い亀頭が擦《こす》りつけられる。私はそれを呑み込むように膣内へと肉茎を咥《くわ》えこんだ。

「ひ、う……く、るしい」

「いつも以上に興奮してますからね」

もの凄《すご》い圧迫感。けれど、その苦しさも愛おしいと思える。

「キス、し、て」

「おおせのままに」

彼の口端が上がり、蕩《とろ》けた笑みを浮かべながら私の唇に吸い付いてくる。

狭山とのキスは好き。彼にキスされると私の感情は昂《たか》ぶってたまらない気持ちになる。

「ん、っはふ、ちゅ」

舌を絡《から》めあう。二人の唾液《だえき》が混じりあい糸が引かれる。

狭山の首に腕を絡《から》めながら口付けを交わしていると、彼の手が腰へと回り強く抱き締められた。

その手はそのまま臀部《でんぶ》へと下がっていき、抜けそうになるくらい腰を持ち上げられる。そこから一気に落とされると再び揺すられ始めた。

「あっ、あっ……！」

「はぁ……いつもより凄《すご》い締め付けですね」

「しら、ない……」

下からガツガツと容赦なく突き上げられる。

そのたびに胸が揺れるのを、狭山は楽しそうに見ていた。

その視線すら自分を高める一因となっている。

臀部《でんぶ》はしっかりと掴まれ、ぷるぷると揺れる胸の頂《いただき》を舌で嬲《なぶ》られる。何度も高みへと上った身体はあっけなく再び達しそうになった。

「さやまぁ」

「違いますよ。ほら、ちゃんと呼んで」

「んぁ……」

もっと、最奥に欲しかった。

彼を誰にも奪われないよう、誰にも攫《さら》われないように奥の奥まで招き入れて感じたい。

それなのに突然抽挿《ちゅうそう》を止められた。思わず自分で腰を動かしてしまう。狭山は私の腰を抱きこみ動かないように固定する。

私は泣きそうな顔で狭山を見つめた。

「呼ばないならこのままですよ」

本当に意地悪だ。こんな状態でお預けをくらわすなんて、ひど過ぎる。頭がおかしくなりそうなのに。

「呼ぶって何を？」

呆然と尋ねる私に、狭山はため息をつく。

「あきとですよ。彰人」

「あき、と……？」

「ええ、良い子ですね。ご褒美です」

狭山は満足そうに頷《うなず》いて、再び動き出した。

あぁ、そうか。

狭山は私と二人きりの時名前で呼んでくれるけど、私は彼を名前で呼んだことはなかった。破顔というのはこういうことを言うのかな。笑う彰人を見て愛おしさが込みあげた。

ちゅるちゅると舌を絡《から》めながら、膨れ上がった肉茎で膣内を擦《こす》られ、ぐりぐりと最奥を押される。もう我慢ができなくなってきた。

「も、イキたいっ……」

「いいですよ。イカせてあげますよ。ちゃんと俺のものを覚えて、二度と他の男になんか抱かせないでください」

私の良いところに当てるように抉《えぐ》られ、腰を大きく揺らされる。ソファがガタガタと動いた。これ以上は無理だと思うほどに最奥を穿《うが》たれる。

「うぁっ、あ、あ、あ、あぁああっ！」

背中が弓なりに反り、喘《あえ》ぎ声が漏れる。彰人の頭を強く抱き締めながら絶頂を迎えた。

「もう少し付き合ってくださいね」

「んあぁああ、んん」

達したばかりで敏感になった膣壁は、我慢することもできずひくひくと蠢《うごめ》く。

彼は今度は自分が達するために、先ほど以上に容赦なく突き上げてくる。彰人の荒く掠《かす》れた声を聞くたびに、身体が彼自身を締め付けた。

声だけで、イキそうになる。

「くっ……！」

私の身体を痛いぐらいに抱き締めながら、彰人の身体がびくりと強張《こわば》る。

「はぁ……はぁ……」

全速力で走った後のような荒い息のまま互いの舌を吸いあう。私は汗で張り付いた彰人の前髪を払い、その額にキスをした。

「汗でどろどろですね」

「シャワー浴びる？」

「そうしましょうか」

彰人の熱いものがずるりと私の中から抜かれると、小さく声が漏れた。それだけで、感じるぐらい身体が敏感なままなのだ。

不安定な体勢でしてしまったせいで、足にうまく力が入らない。

一歩も動けずソファに座っていると、お風呂のお湯を張りにいっていた彰人が戻ってきた。そして黙って、私をお姫様抱っこする。

「え、何!?」

何度か抱っこされているが、お姫様抱っこは初めてで吃驚《びっくり》してしまった。

「一緒に入るんですよ」

「一緒に入ったらそれだけじゃ終わらないでしょうが！」

もうこんなふらふらな状態なのに、まだやりたいのだろうか？

どこまでも底なしの性欲に恐怖を感じる。

「当たり前です。俺を傷つけた罰を受けてもらいますから。気絶するほど抱いてあげますよ」

「私、死ぬよ!?」

「そうですね、死ぬほど気持ち良くしてあげます」

「そういう意味じゃない！　そういうことじゃない！」

私は抵抗するが、彰人はまったく止まらない。

そもそもさっきのでも十分罰を受けている気がする。あれだけでは足りないっていうことなんだろうか。

私と彰人では体力が違うんだから、その辺りを考えてほしい。いや、わかっているのか。わかっていての罰なのか……！

お風呂場へと連れてこられて、彰人の手で頭を洗われる。自分でできるからと断っても、聞いてもらえなかった。しかも楽しそうにされると無下《むげ》にもできない。

いつの間にか、このお風呂場には私専用のシャンプーとコンディショナーが用意されていた。

私がいつも使っているものではないけど、シャンプーの中でもちょっと高くて良い奴。こんなところにも彼の私にたいする愛情を感じて涙が出そうになる。

普通買ってこようなんて思わないのに。

丁寧に髪をすすがれる。

ボディソープは兼用。でも、これまた私専用のボディタオルがある。そのタオルにボディソープをつけて、狭山は私の身体に泡を滑らす。

行為の続きだと思っていたので、手で洗われたりするのかなと覚悟していたけど……。普通だ。

シャワーで身体の泡を落とされ、バスタブの中に放り込まれる。

「ちょっと待っててくださいね。俺も洗ってしまいますから。百まで数えるんですよ」

「私は子どもじゃない」

先ほどまでの濃厚な時間はどこへやら、ゆったりとした時間が流れている。

頭と身体を洗い終えた彰人が私を背中からかかえ込むようにしてバスタブの中へと入ってきた。

二人分の体積でお湯があふれ、流れていく。

背中を彼に預けていると、腰に回っていた手がするすると胸へ伸びてきた。

「ん、こらっ」

「ほら、まだお仕置きは終わりじゃありませんよ」

「ふぁっ」

両胸の頂《いただき》を扱《しご》かれ、声が漏れる。

お風呂場に自分の声が響いて、羞恥心《しゅうちしん》が煽《あお》られる。臀部《でんぶ》に屹立《きつりつ》した彰人の欲が当たり、私の内ももはもじもじと動いてしまう。

うなじから背中を彼の熱い舌が這い、彼の手は胸をぐりぐりと押し潰しながら下腹部へと進んでいった。

冷め切っていない秘所に遠慮もなく指が挿入され、私の背中が反る。そのまま腰をぐっと掴まれて、膝《ひざ》立ちにさせられた。

「あぁ、まだぐずぐずに解《ほぐ》れてますね。すぐに挿《い》れてしまっても問題ないぐらいに」

彰人はお湯に混ざるように蜜を零《こぼ》すそこに、避妊具をつけていない生々しい肉棒を擦《こす》り付けてきた。

動くたびにぴちゃぴちゃとお湯が跳ねては落ちる。

逆上《のぼ》せた頭は純粋な欲望だけに支配されていき、腰が揺れた。

「はぁ、ぬるぬるとしていて、気持ちが良いですよ」

「あ、あ、んっ」

硬く屹立《きつりつ》した彰人の肉茎を二つの太ももで無意識に挟み込めば、背中から彼の掠《かす》れた声が聞こえた。

「あき、とぉ……」

我慢しきれなくなって強請《ねだ》るように声を上げる。

どこに置いていたのかわからないけれど彰人は避妊具を取り出し、装着した。

浴槽の中で立たされて壁に手をつかされた。お尻を彰人に向けて突き出す形になって、恥ずかしい。

お尻のほうから回された手が、蜜で濡れそぼった陰唇を左右に開いた。

「お湯なのか蜜なのかわからないぐらい濡れていますね。今、塞《ふさ》いであげますよ」

「んぁああっ」

熱くて太い脈打つ肉茎を、ぬぷりと中へと挿入された。待ちに待ったその熱さに、喉の奥から迫《せ》り上がる声が止まらない。

奥に熱を穿《うが》たれるたびに、彰人から愉悦《ゆえつ》の声が漏れた。

つるつると滑る湿った壁に手をついていられなくて、上半身が落ちていく。

私の腰を両腕でかかえながら、彰人はぐりぐりと最奥を突き上げた。

「くっ……、気持ち良いんですね。俺のを食いちぎる勢いで締め付けてきますよ」

「や、わか、んないっ……」

背中を水とは違うぬるりとしたものが這った。ちゅっちゅっと音を立てながら彰人は背中を吸う。

その間も勃《た》ち上がった肉茎はぐちゅんぐちゅんと抽挿《ちゅうそう》を繰り返す。

私の腰を掴んでいた手は、胸へと動く。双丘を優しく揉《も》み、尖った頂《いただき》を指と指で挟みこんだ。

「ふぁ、あんっ、むね、やぁ」

「嫌ではないでしょう？　こんなに尖らせて、俺に触って欲しくてしかたないくせに」

背中を舐められ、胸を弄《いじ》られ、膣内を擦《こす》られる。

これで感じない人なんているのだろうか。甘い痺《しび》れに脳髄《のうずい》が蕩《とろ》けていく。

「あ、きとっ、きちゃう、きちゃうよぉ」

「えぇ、良いですよ。今度は一緒にイきましょうか」

彰人の腰の動きがいっそう激しくなった。

肉茎を咥《くわ》えこんだ膣壁が燃えるように熱くてたまらない。

肌と肌がぶつかる音に二人分の掠《かす》れた声が混ざっていく。耳の奥まで痺《しび》れてきそうだ。

最奥を何度もごりごりと揺すられて、生理的な涙がぼろぼろ零《こぼ》れた。

「利音っ、利音、イきますよ」

「あ、あ、あっ、んっ、あきと、あきとっ」

ずちゅずちゅと抽挿《ちゅうそう》され、胸の頂《いただき》をぐりっと捏《こ》ねられた瞬間に耐え切れなくなった。疼《うず》きが一気に解放される。

私は身体を仰け反らせて一際高い声を上げた。

「く……っ、はぁ……はぁ……」

私を背中からきつく抱き締めながら、彰人がびくりと震える。彼の掠《かす》れた声が聞こえた。

彰人は息を整えると、私をもう一度洗ってくれる。ぐったりしている私を抱き上げお風呂場を出ると、身体を拭いて髪の毛を乾かしてくれた。いたれり尽くせりだ。

「なんで風呂場にコンドームがあるのよ」

「わざわざ中断して取りに行くのが嫌だからですよ。準備は必要です」

……ということは、この人！　この家のいろんな場所にそれを隠しているということなのか⁉

狭山の性欲の強さにあきれて、ものも言えない。

替えの下着もないし、ストッキングも破れてしまった。じとっとした目で彰人を見て――

「コンビニで買ってきて」

「乾燥機にかけておきますから、大丈夫ですよ」

彰人はにっこり笑って、いっこうに買い物に出る気配がない。

それに本当に彰人は、用意周到だ。気づかぬ間に私の下着も洗濯機にかけていた。

まぁ、後は寝るだけだしいいかと我慢する。Tシャツだけだと下半身がちょっとすーすーするけど、彰人と寝るのなら寒いということはないだろう。

自分で歩いて行けるのに、抱き上げられて寝室へと向かう。いろいろなことがあり過ぎて、すでに眠気が襲ってきていた。

ベッドにぼすんと落とされる。

もう少し優しくしてくれてもいいのにと思いながら、ごそごそと毛布の中に潜《もぐ》ろうとしたら、なぜか圧《の》し掛《か》かられる。

「……彰人さん？」

「終わったとは言ってませんよ」

「は⁉　やぁっ！　無理だってばぁ！」

「大丈夫。貴女はただ寝ているだけで構いませんから」

悪魔の笑みを浮かべて、彰人は私のＴシャツを捲《まく》った。まだ乾ききっていない身体は、しっとりと濡れていて、彰人の手をするりと滑らせる。

そのまま付け根へと到達した手が、下着をつけていない陰唇をふにふにと揉《も》んだ。

甘い声が漏れた。

先ほどまで彰人のものを咥《くわ》えこんでいたそこは、いまだぬかるんでいて簡単に彼の指を呑み込む。

「んんっ」

「まだ柔らかい。すぐに挿《い》れても大丈夫そうですね」

「あ、あ、あーっ」

彰人は躊躇《ちゅうちょ》することなく、秘所に肉棒を挿入する。すでに二回出した後だとは思えないほどの硬度と大きさがある。

身体に力が入らなくて、私はシーツを掴みながらその抽挿《ちゅうそう》をただ受け入れた。彰人は愉《たの》しそうに笑い、私の唇に口付けを落とす。

何度も膣壁を擦《こす》られて、奥をぐりぐりと押し潰すように揺すられる。

涙をぼろぼろと流して「もうやぁっ」と懇願したが、彰人は止めてくれない。胸を愛撫しながら容赦なく突き上げてくる。

敏感になっている身体は少しの刺激で簡単に疼《うず》いた。背中を甘い痺《しび》れが駆け上がる。なのに、彰人は全然達してくれない。

何度目かの絶頂を迎えた時に、私は意識を手放した。けれど、彼は本当に鬼畜なのか、意識を失っている私の膣内を変わらず抉《えぐ》る。

その刺激に意識が浮上した。彰人は顔中に口付けを降らせ、ぴったりと腰をくっつけてくる。彼の肉茎を覚えこまされているようだ。

この日、私は抱き潰されるという言葉の意味を知った。

できれば、一生知りたくなかった……

第五章

ふっ、と意識が浮上して目が覚める。

ぱちぱちと目を開けると、視線の先はフローリングの床。

背中が温かくて穏やかな気持ちになる。

どうやら私は彰人に抱き締められながら眠っていたようだ。

なんだか幸せな気分で、にやけてしまいそうになる。

けれど、フローリングに無造作におかれているビニール袋の中に、溢《あふ》れんばかりの使用済みティッシュと避妊具の空箱を見つけて、その口が引きつった。十二個入りの避妊具はたしか先日買ったばかりのはずだ。

性欲底なしとはこういうことなのかと頭をかかえる。

もしかして彰人は、今までそれなりにセーブしてくれていたのではないか。彼がセーブしなくなったら、私は行為をし過ぎて死ぬんじゃないかと不安になった。

まだ中に彰人のものが挿入されているような違和感がある。

私がもぞもぞと動いたのがわかったのか、彰人が目を覚ました。

私は身体を回転させて彰人のほうを向いた。

「起きたんですか」

「……うん、起きちゃった」

いつものように強く抱き締められる。

私は彰人の胸に顔を摺《す》り寄せ、背中に腕を回す。すると彰人がそっと優しく髪の毛を梳《す》いてくれた。その感触が気持ちいい。

「まだ夜中の一時ですが、眠れそうですか？」

「ちょっと、目が冴《さ》えちゃったかも」

疲れているはずなのに、眠気がどこかへ消えてしまった。

無理やり眠ってしまうよりは、眠くなるまで起きていたほうがいいような気がする。

「なら、少し俺の話を聞いてくれませんか」

「彰人の？」

「ええ、貴女は俺にまったく興味がないみたいですからね」

「正確には、まったく興味がなかったって言ってください」

きっぱりと言われ、思わず言い返す。

興味がなかったということを否定しなかったことが気に入らないのか、まるで黙らせるようにキスをされた。

また、酸欠になりそうだ。

「ま、知ってましたけどね」

不機嫌そうな彰人を見ると、さすがに申しわけない気持ちになる。

仮に私が彰人の立場だったとしても拗《す》ねたくなるだろう。

大切に思っていた人間が自分にまったく興味がなかった。今は、一番傍にいたとしてもそれは、どこか不安になるようなことだ。

最初からお互い心惹かれていればよかったのかな？

いや、たとえそれでも不安は募《つの》ったはずだ。

運命などは関係ない。お互いがどれだけ会話をして理解しようと努力するかが問題だ。

だから会話をしなければならない。相手を知るために、自分を知ってもらうために。

自分はどういう人間で、彰人はどういう人間なのか、過去の空白を埋めるためにも話をしよう。


「俺の家のことは？」

「全然まったく」

「……」

「ご、ごめんってば！」

彰人は深いため息をついた。

そうですよね。好きな女がまったく自分に興味がないことがわかるのって、嫌ですよね。

「ごめんね、でも今は凄《すご》い好きでたまらないからね」

私がそう言うと、彰人は諦めたように笑った。

「俺の家は、まぁ金持ちのちょっと厳格な家でしてね」

「わーぉ、そりゃ女の子群がるわ」

「貴女はまったく群がりませんでしたけれどね」

彰人は恨《うら》みがましそうに言う。

私は笑ってごまかした。

そもそも、そこに私も群がっていたら彰人は私に興味を示さなかったはず。

彰人の家のことは高校でも有名だったそうだ。

高校生だから玉の輿《こし》狙いとまではいかずとも、女の子はこういうことに目ざとい。私が知らなかっただけで女子の間ではかなり噂になっていたらしい。

そんな人が私をずっと好きでいてくれるかどうか、ますます心配だ。

私の心の葛藤《かっとう》を無視して、彰人は話を進める。

「父は厳しい人でしてね、俺はきつく躾《しつ》けられました。けれど、俺は父の要求に応《こた》えることにたいして苦労を感じませんでした。末っ子だったこともあって、母も兄も俺を甘やかしてくれましたからね」

「何それ、自慢？」

自分とは釣り合いがとれないと言われているようで、少し拗《す》ねた口調で言う。冗談で言っただけなのに、彰人は真剣な顔で見つめる。

「いえ。だから、俺はひどく傲慢《ごうまん》な人間に育ったんです。自分が恵まれていることに気がつかず、周囲の人間が俺より劣るのは、努力不足なんだと思って見下していました。そんな人間に、本当の友人なんてできませんでした」

「んー、たしかに、そんな人と友達になりたいとは思わないね」

その頃の彰人に会っていたら、私は彰人を好きになることはなかったんじゃないかな。

でも、大人になった今、その頃の彰人のことを考えると、胸が締め付けられる。心を許せる友達がいないのはつらいことだから。

「……寂しかった？」

「えぇ、そうですね。寂しかったです。でも自業自得でしたから」

口調も、父親の躾《しつけ》の影響だそうだ。

曰《いわ》く、敬語で話されれば、相手は自分が優位に立ったように錯覚する。

そうやって相手を良い気持ちにさせておいて、人を操《あやつ》るんだそうだ。もっとも、今となっては、しみついてしまった習慣なんだそうだが。

私は以前、由香里が彰人をクセがあると言っていたことを思い出した。

「屈折して、また屈折したって感じね」

「そうです。高校ぐらいまでは自分に群がる男も女も見下していましたからね。けれど、さすがにわかる人にはわかってしまうものです」

高校一年生の終わりの頃。うわべ上仲良くしていた部活の友人に呼び出されて「お前、俺らのこと見下してるだろ」と真正面から指摘されたという。

まさか気づかれているとは思っていなかったし、万が一、気づいた人がいたとしても、自分を避けるようになるだけだと思っていた彰人に真っ向から向かい合った友人。

「衝撃的でしたよ。わざわざ喧嘩を売ってきたんですからね」

懐かしそうに笑いながら彰人は呟《つぶや》く。

彼は彰人の歪《ゆが》んだ人生論を聞くと、鼻で笑い飛ばし「俺が高校生の楽しみというのを教えてやる」と、いろいろなところへ連れ回すようになった。それが彰人の人生を変える大きなきっかけになったみたい。

「それって誰?」

「サッカー部の副主将」

「へぇ、サッカー部は副主将もたしかモテてたよね」

「そうですね。俺なんかより人にたいして真っ直ぐな男ですよ。今も変わらずド直球の男です」

モテる男に興味がない私は、副主将の顔がとてもおぼろげだ。

どんな顔だったかと彰人に聞いたら、不機嫌になりそうだったので黙っておく。でも、彼の友人には興味があるので今度綾香に確認してみよう。

彼を中心にサッカー部の友人たちとは今でも仲が良いらしく、よく連絡を取り合ってるそうだ。私と綾香みたいなものかと思ったりもする。

彰人の意識は男友達ができたことで変わったけれど、女性にたいしては相変わらずだった。

表面上は優しく穏やかに接することはできるけれど、顔や家が目的なんだろうと思うと、恋愛をする気にならなかったという。


「貴女と会ったのは、そんな時でした」

三年生の夏休み前、頼まれた忘れ物を取りに友人の教室へ行ったら、泣いてる私に出くわした。

「泣いてるのを見て立ち去ろうかとも思いましたが、声をかけるのが礼儀かと思い、声をかけたんですよ」

「そして私に八つ当たりされたと」

それは、私も覚えてる。

好きだった人に彼女ができて、ショックを受けた日のことだ。

自分ではアプローチなど何もしなかったくせにいっちょまえに失恋した気になって、悔しくて教室で泣いていた。そうしたら突然他クラスの男の子が入ってきたのだ。

話したこともない人に傍にいてほしくなくて、用があるならさっさと済ませてどっか行けよって思った。

それが今目の前に居る彰人だ。

彰人は「大丈夫ですか?」って声をかけてくれたけど、「関係ないんだからほっといて」って言ったのよね。ほっといてくれればいいのに、律儀に「話したら楽になるかもしれませんよ」なんて笑って言われた。

本当に落ち込んでいたから「失恋した」って素直に言ったのに……

ちょっと半笑いしたんだよね、彰人。あげくのはてに「失恋なんてどうってことはない、他にも良い男はいっぱい居るんだから」とかモテそうな綺麗な顔で言うのでキレたのよ。

「まさか八つ当たりされるとは思わなくて、俺も言い返してしまったんですよね」

「……あー、そうだっ……け……」

十年前の忘れたい思い出なので、曖昧《あいまい》な部分もある。

「……俺はまさかここまで興味をもたれていなかったとは思いませんでしたね」

それを言われるとつらい。

何も言えなくて、私は俯《うつむ》いた。

「あの時、俺は別にモテたくてモテてるわけじゃないし、外面《そとづら》しかみてない奴に惚れられても嬉しくはないって言ったんですよ」

彰人は苦笑しながら教えてくれる。

「あー！　言った！　言われた！　そして私は〝はぁ？〟って言った！」

「えぇ、そう言われました」

思い出した！

とてつもなく腹が立った私は「外面《そとづら》良く見せてんのはあんた自身で、そこに惚れられて嬉しくないって言うんだったら外面《そとづら》良く見せんのやめればいいでしょうが。自分を隠してる奴が本当の自分を好きになってほしいなんて、甘えたこと言ってるんじゃないわよ！」と怒鳴りつけたんだ。

「あの頃の私凄《すご》いわ……若さって凄《すご》い……」

「元彼の頭を鞄で殴ったんですから、今でも凄《すご》いですよ」

「褒めてないよね!?」

夜中だというのに私たちは声を出して笑いあった。

少しずつ彰人の心を知っていくのが、楽しくて嬉しいと思う。

彰人が私の頬を宝物を扱うような、優しい仕草で撫《な》でた。

「まぁ、それで俺は利音が気になるようになったんですけどね」

「ええっ!?」

彼の顔を見ればそれが嘘ではないということがわかる。

その頃から、私が気になっていたということは、ずいぶん私を思っていてくれたことになる。

「……物好きだねぇ」

「自分で言いますか。まぁ、自覚はしています」

自分で言っといてとは思うけど、肯定されると、少しムカつく。容姿も中身も平凡なのは事実だけど、好きな人には可愛いと言ってほしい。

もぞもぞと彰人に身体を寄せて、密着する。なんとなく、これ以上は無理だというほど近寄りたかった。

私の胸に彰人は顔を埋めてぐりぐりしてくる。ちょっと痛いけれど、甘えられているんだと思うと嬉しい。

お互いに甘えられる場所を持てたんだと思うと幸せだった。

ずっと甘えるだけでは生きてはいけないと思ってた。

でも、一つだけでも全力で甘えても許される場所が欲しかった。全力で甘えてくれる人の存在も欲しかった。

私にとってそれは、彰人だった。彰人にとっては私だった。

「利音を目で追いかけるようになったんですが。目が合うことはほぼありませんでしたね」

「見られてた覚えもないわ……ごめん」

「いえ、俺も最初はなんとなく気になる程度でしたしね。貴女は目立たないので、見つけるのが少し大変でした」

彰人は八つ当たりがムカついたのか、いつも私を見てたらしい。

でもそれがなんの感情からくるものなのか、理解できず結局卒業となって、私との関わりが一切なくなった。

その後——

「俺は利音が好きだったんだと気づいたんです。本当、遅過ぎましたが」

なんだかくすぐったかった。

こうして自分のことを見ていてくれた人が居るのは幸せだと思う。

嬉しくて、ついつい口元がにやけてしまった。

「まさか、同窓会で再会できるとは思っていませんでしたね」

「あぁ、私、前の二回は参加してなかったしね」

仕事が忙しく、私は同窓会に参加していなかった。彰人は逆で、友人に誘われて、前の二回から参加していたらしい。

タイミングが合わなかったのね。

でも、今より前に出会っていたらこんな関係にはきっとなれなかった。だから、今回再会するのが一番良いタイミングだったんだ。

「本当は二次会は行く予定ではなかったんですが、急遽《きゅうきょ》行くことを決めたんですよ」

「私がいたから？」

「それ以外に理由なんてないですね」

あまりにもはっきりと言われるので照れた。

一次会では共通の友人もいなかったので、私の傍には行けず、少し遠い場所から見ていただけという。

「会場で貴女を見つけた時は、嬉しかったですよ。どうやって話しかけようかとずっと考えていました」

彰人は私のことが好きだったので、いつも目で追いかけていたと恥ずかしげもなく言う。

そして二次会の会場で風にあたるために外に出ようとしていた私を追いかけてきたそうだ。

「可愛いねぇ、彰人」

「そうですか？　喧嘩を売ってるんですね。買いましょう」

「はぁ!?」

好きになった人がそんなふうに思ってくれるなんて、幸せだって思っただけなのに、なんで喧嘩を売ったことになるんだろう。私は嫌な予感がした。

「さて、また良い声で啼《な》いていただきましょうか」

「むっ、無理無理無理無理無理ぃい！」

殺す気か！

けれどその後、結局気絶されるまで抱かれた。

目が覚めて時計を見たら、時刻はすでに昼の十二時を回っていた。彰人はもう起きたのか、ベッドの上にはいなかった。

私は裸のままだ。

せめてTシャツぐらい着させてくれてもいいのにと思いながら、シーツを被ってぼんやりと座り込んでいた。

しばらくすると、彰人が部屋に戻ってきた。

「おはようございます。起きましたか」

「えぇ、貴方のせいでこんな時間に起きました」

「良かったですね。今日が日曜日で」

彰人はにっこり笑う。その悪気のなさそうな笑顔が少しにくたらしい。

「ねぇ、まだ話の途中だったんだけど」

「そうですね。もう少しだけ続きを話しましょうか」

シーツを被ったまま枕を抱いて、ベッドの縁に座った彰人から話の続きを聞く。

まさか好きだった女が男性を誤解させるようなことを言うとは思っていなかったそうだ。私が酔っていることはわかっていたから最初は迷ったし、誰でもいいのかと思ったら少し幻滅したという。

たしかに言いわけのしようもないが、好きな人に幻滅したと言われるのは悲しい。

むくれるように唇を尖らせて、枕に顔を埋めるようにしていると、優しく頭を撫《な》でられた。

「チャンスだと思ったんですよ。これで、消化不良だった気持ちに終止符を打てるかもしれないと。なら、貴女の弱さを利用しようと思ったんです」

私はなんとなく納得した。まさか好かれているとは思っていなかったから酔っぱらいの戯言《ざれごと》なんて無視すると思っていたんだよね。彰人は真面目だって聞いていたし、女性につけ入ることもしないだろうと。

一度嫌な部分を見せたことがある人だったから、もう一度自分の荒《すさ》んだ部分を見せても構わないって理由もあったけど。

「と、思っていたんですけどねぇ。思ってた以上に貴女は可愛いし、身体の相性は良いし。終わるどころか、どちらかというと再熱と言いますか。改めて貴女に惚れてしまったんでしょうね」

彰人は愛おしげに言う。

彼の愛情表現はストレートだ。

私のほうが照れてしまう。

「それなのに、起きたら貴女は居なくなっていた。どうにかして連絡を取ろうと思っていた時に会社で再会したんです」

そこからは、私も知っている通り、あの同期飲み会をきっかけに自分の家に引き込んだわけだ。

「な、なるほど……」

「素直に家についてきましたし毎週のように俺の家に通ってくれたので、俺としてははてっきり付き合っているものと思っていたんですけどね。愛情表現はしてきたつもりですしね」

たしかに今思えば愛情表現はされてきた。

ただ、それを私自身が認めたくなかっただけだ。

「だからと言って、愛情を表す言葉を伝えなくていいわけではありませんでした」

彰人の言葉に急いで首を横に振る。

私が自分の気持ちを認めなければ、仮に彼に愛を告げられていたとしても、その気持ちを疑って、受け入れることができなかったと思う。

だから、これでよかったんだ。これが一番良い結果なんだよ。

だって今、私も彰人も幸せだもの。

「利音、左手を出して」

彰人は時々敬語ではなくなる。

感情があふれると少しくだけた話し方になるのだ。

なんだか、ドキっとして心臓に悪い。

言われた通りに左手を出すと箱を渡された。

箱の形からしてその中身に予測がついて息が詰まりそうになる。震える指で包装を解いて箱の蓋を開けた。

そこにはシンプルなシルバーリングが入っていた、真ん中には小さなピンクトルマリンが埋め込まれている。

「予約ということで。きちんとしたものは、また別に用意させていただきます。とりあえずは、害虫避けに。貴女は俺のものだと見せつけておかないと落ちつかないので」

「あはは、何それ。馬鹿……、ありがとう……」

「俺は利音を手放す気はありませんからね。今のうちに覚悟を決めておいてください」

彰人は私の左手の薬指に指輪をはめてくれる。

嬉しくてじっと見つめた。

それにしても、あつらえたようにピッタリだ。いつの間に私の指のサイズを調べたのだろう。きっと私が寝ている時に調べたんだろうな。もしくは由香里か早苗ちゃんに聞いたのだ。前に指輪のサイズの話をした覚えがある。

なんにしても、恋人からもらった指輪だなんて、将来を約束してくれた証《あかし》のようなものだ。

「へへ」

思わず、顔がにやけた。

予約か。予約っていうことはいずれちゃんとしたものを送ってくれるということだ。ちゃんとっていうのは、エンゲージリングとかそういうことだと思う。

覚悟しておけっていうぐらいだもんね。遠くない未来に私はこの人の奥さんになるのか。

結婚……、祥太郎の時とはまったく違う気持ちになる。

私はこの人と一緒にいたいし、この人の傍で生きていけたら幸せだと思う。だからこそ結婚したい。

以前のようなふわふわとした流されるままの思いではない。

母さん喜ぶだろうなー、後は彰人のほうの親御さんへのご挨拶《あいさつ》だよね。そう思った瞬間、あることに気がついた

「待って、彰人、待って！」

「なんですか」

にやにやとしていた私が突然叫び出したものだから、彰人は怪訝《けげん》そうな顔をする。だがそんなことに構っていられない。聞いておかなければいけないことがある。

「彰人の嫁ってことは、金持ちで厳格な家の嫁っていうことだよね!?　私が!?」

「もちろんですよ、そう言ったでしょう……」

彰人はあきれてため息をつく。

「そうですね。すんなりいくように手回しはしますよ」

「くっ、手回ししないといけないようなご家庭ってどんななのよ！」

「だから言ったでしょう。覚悟を決めておいてくださいって」

「それって、そういう意味なのぉおお!?」

私の絶叫が彰人の部屋に響き渡った。

あぁ、私は少し早まったかもしれない。けれど私は彰人以外の人と結婚するつもりにはもうなれないのだ。

これはもう腹を括《くく》って戦うしかないということですね。

第六章

彰人と付き合い出してしばらく経った金曜日の夜。

私はいつものように、彰人の家でまったり過ごしていた。最近ではほとんど住んでいるんじゃないかっていうぐらいの頻度で彰人の家にいる。

彰人が私の家に来ることはあまりない。

食事の帰りに私をアパートまで何度か送ってくれたし、そのついでに私の部屋に入ることもある。けど、やっぱり広さと快適さの点から、つい彰人の家で過ごしてしまう。

最初は他人の家だからと遠慮があったというのに、今では勝手に棚を開けて珈琲《コーヒー》を淹《い》れるほどになってしまった。

私と彰人、二人分の珈琲《コーヒー》を淹《い》れていると、ニュースを見ていた彼が今度自分が招待されているパーティーの話をしてきた。

「パーティー？　彰人が行くの？」

「ええ、俺がメインに動いてましたからね。強制です」

それは、合同プロジェクトの成功を祝うパーティーなのだそうだ。中心となってまとめてきたのは彰人なので、当然彼は出席を義務づけられている。今後も彰人はそちらの方面で活躍していくことになるため、顔を売る意味もある。

「そっかー、頑張って」

「何、他人事のように言ってるんですか」

仕事がらみのパーティーなんて気疲れするだろうななんて私が呑気に思っていると、彰人はため息をつく。

「パーティーですよ。女性同伴に決まっているでしょ」

「なる……ほど……」

そういうことかと納得をした。

別に私じゃなくても秘書課の早苗ちゃんとかもっと適した人は居るだろう。けれど彰人は、私以外の人と一緒に行こうなんて思いもしないらしい。

「それで？　そのパーティーいつやるの？」

「来週の土曜日です」

「言うの遅い！」

私は驚いて、思わず叫ぶ。

来週の土曜日って、一週間しかない。

ドレスを新調しなければいけないし、それに合わせてバッグも靴も必要になる。持っているものでなんとかしたいが無理だろう。

美容院の予約も取らないとだめだ。

ショートボブにしてからすでに三ヶ月近く経っていて、セミロングに近くなってきている。

それにしてもこの人は自分の容姿がいいことを忘れているのだろうか？

隣に立つ私のことも考えてほしい。

私が一人慌《あわただ》しくなっていると、彰人は笑みを浮かべる。

「貴女は何も用意しなくて大丈夫ですよ」

「は？」

「俺が用意しますから」

彰人はにやっと意味ありげに笑った。

その笑顔に、私は気づく。

あぁ、私を着飾りたいんですね。

多分、彰人は狙っていたのだろう。

このギリギリで言えば私の準備が間に合わないことを。そうすれば私は大人しく彼の用意したドレスに身を包まざるを得ない。

もう少しストレートに言えばいいのに。

今度パーティーがあって、自分がドレスを準備したいって。でも、多分、早めに言われていたら申しわけないからと、私は断るだろう。彰人はそこまで見越したのだ。

「……美容院──」

「それも大丈夫です」

〝予約〟と続くはずの言葉は、彰人に遮《さえぎ》られる。

結局私は彰人の言いなりになる。このところいつもそうだ。ただそれが嫌だとは思っていないし、むしろ楽しんでいる。

言いなりと言っても、彼が私に何かを押しつけることはない。彰人はいつも先まわりをして、私を待っている。

そもそも、意思を無視され、自由を奪われたら私は彰人をぶん殴って別れている。

彼は私が本当に嫌なことはしない、どうしてもやりたいことは聞いてくれる。

だから、私は彰人の言いなりになる。

だって、そうすると彼は嬉しそうにするから。

もしかしたら彰人は自分が思っている以上に寂しがりやで愛情に飢《う》えているんじゃないかと思う。

私は話が終わると、彰人のクローゼットから彰人のTシャツを取り出して、浴室へと向かった。

お見合いの夜以来、私は私物を彰人の家に置くようになった。

けれど時おり自分が持ってきたのではない、まったく知らない服が増えていることがある。

最初はまさか昔の彼女の洋服か、と勘ぐったりもしたんだけど、彰人に限ってそんなヘマはしないと思ってすぐに否定した。そもそも、それまでこの家には女の影が一切なかった。

結局、彼がわざわざ私のために用意した洋服だとわかった。サイズもぴったりだったし。

最初に気づいたのはグレーの膝丈《ひざ》スカート。スカートに合わせて袖にフリルのついたシャツまであったので驚いた。私は基本的にフリルをほとんど買わない。

甘過ぎる服があまり似合わないのだ。シャツも胸が入らないことが多いのでめったに買わない。

それなのに置かれていた見慣れない服を、せっかくだからと思いながら着てみた。ところが、自分で言うのもなんだけど、吃驚《びっくり》するぐらい似合ってた。

着たのだから彰人にお披露目《ひろめ》しようと、彰人の前に行くと、それはもうとてつもなく喜んだ。

ただ、その後、もの凄《すご》く激しく抱かれたので困ったけど。

それからというもの、彰人が用意した服を着ると、彼は私が気絶しても抱くようになった。だから彼の服を着るのは金曜日か土曜日にしようと決めている。じゃないと私が持たない。

次の日に仕事がある日は、疲れるほど抱くことを禁止しているし、朝から盛《さか》るのもなしだと釘をさしてる。

それが守れないならば、彰人の家に来ないで自宅に帰ると伝えた。なので、彰人も無理はしてこない。

ちなみに私は彰人の家に服や小物を置いてるけど、パジャマは持ってきていない。着てもすぐに脱がされてしまうし、気がつくと彰人のTシャツを着せられているから。それくらい、彼は私にべったりだ。

浴室を出て洗面所で彰人のTシャツを頭から被り、髪の毛を乾かす。

「Tシャツから出る足が好きなのかな？」

鏡で自分の姿を見る。彰人のTシャツがちょうど膝《ひざ》上スカートぐらいの丈になっていた。スカートの時と変わらないと思うのに何か違うのだろうか。

「女の私にはわかりませんねぇ」

執拗《しつよう》に足を撫《な》でる彰人を思い出して苦笑した。

ただもう今の季節、朝方は寒くなってきた。彰人とくっついていると暖かいので、今まで気にしていなかったけれど、そろそろ暖かい服を用意したほうがいいかもしれない。

もこもこの靴下でも買ってみようかな……

鏡の前でひらっと一回転してみる。下着が見えそうで見えない。

可愛い子の下着が見えそうで見えないのがたまらないっていうのはわからなくもないが、自分だと何も感じなかった。

なんとなくもう一度、裾をひらひらさせながら回転した瞬間、彰人が入ってきた。

「……あ……」

目が合い、私は思わず固まる。

彼は一瞬驚いたように目を見開いてから、真顔になった。腕を組んで右手の人差し指をぐるりと回してみせる。

「……もう一回」

「は、はい」

私は言われるままに回転する。彰人はにっこり笑って私を抱き寄せた。

「んっ」

ちゅっと、わざと音を立てて軽く唇にキスをされる。

「可愛いですね。続きは後でしましょうか」

彰人は私にベッドで待っていてと言うと、お風呂場に入ろうとする。

照れ隠しに彰人のお腹に軽くグーパンチをいれてから洗面所を出た。

ぺたぺたと素足でフローリングを歩く。彰人が用意してくれたスリッパがあるのだが、スリッパを履く習慣がないので、すぐ忘れてしまう。夏場なんて特に、素足にフローリングは気持ちがいいしね。

彰人がお風呂から上がってくるまで、まだ少し時間があるだろう。

水を飲もうとしてリビングに行くと、机の上に書類が置いてあるのに気づいた。

彰人は見てはいけないものを出しっぱなしにするようなことはしない。

水を飲みながら、見るとはなしに書類に視線を向けた。

「ん？　これ……前の……会社の資料？」

一番上のページには、私が前に働いていた会社の名前がある。何かあったのかなと手にとって目を通してみたが、一般的に公開されている会社のデータが書かれているだけだった。

気になって、置いてあった他の資料にも目を通してみるが、すべて前の会社に関するあたりさわりのない情報が書かれているだけだ。

「なんなんだろ？」

不審に思いながら唸《うな》るが、答えは出ない。

ふと企業情報の部分に目をとめる。

「あぁ……、そういえば今年は会社の創立三十周年だっけ？」

私が前に働いていた会社は今年で創立三十周年を迎える。

いろいろあったものの、会社自体を恨《うら》んでいるわけではないし、あの馬鹿のことを置いておけば、基本的には良い会社だったと思う。

何かあったのかと心配したが、特に問題があるわけでもなさそうだ。第一、大事件が起こったのなら、元同僚が連絡くらいしてくるだろう。

単純に彰人が私が前に働いていた会社が気になったとか、そんなことなのかもしれない。

彰人が出てくるまでテレビでも見ていようと、スイッチを入れる。

ちょうどドラマがやっている。女性と男性の絡《から》みのシーンになったところで彰人がお風呂から出てきた。

「ドラマですか？」

彰人は髪の毛を拭きながら聞く。

「うん、今まで見たことなかったドラマだからストーリーは全然わからないけど」

「それって見る意味あるんですかね」

あきれたように笑う彰人の手をひっぱって私は寝室へと向かった。

「珍しく積極的ですね。今日は貴女から何かしてくれるんですか？」

「どー……うだろう？」

期待されると困ってしまう。

はたして今からすることを、彰人が喜んでくれるかどうかはわからない。でも私は彼にしてあげたかった。

ベッドの上で正座をする。

いったい何がしたいのかと眉間に皺《しわ》を寄せる彼を見ながら、Ｔシャツから出た自分の太ももをぽんぽんと叩いた。

彰人は、声を出して笑いながら寝転がり、私の太ももに頭をのせる。

「利音がしたかったのはこれですか？」

「そっ、いい子いい子してあげようと思って」

いつもお疲れ様という意味を込めて、まだ少ししめっている彰人の髪を撫《な》でる。

彼はどこか戸惑ったような顔で目を閉じた。

先ほどのドラマの中で、女性が男性に膝枕をしているシーンがあったのだ。それを見て私は、そうやって彰人を甘やかしてあげたことがないことに気がついた。自己満足かなとも思うけど、いつも私を甘やかす彰人を私も甘やかしてあげたかった。

しばらくそうしていると、彰人が目を開けて呟《つぶや》く。

「眼福《がんぷく》ですね」

「……は？」

突然何を言っているんだと思っていると、彰人の手が伸びてきて私の胸を下からぷにっと触った。

「わぁ！」

私はくすぐったくて、彼の手をおさえる。

「眼福《がんぷく》って、胸？」

私が軽く睨《にら》むと、彼は笑う。

身体を横向きにして私の腰に腕を回した。

甘えたいのかなと思い、頭をもう一度優しく撫《な》でる。

けれど彼は私のTシャツの裾を捲《まく》り上げ、お臍《へそ》に舌を這わせた。

「ひぁっ！」

れろれろとお臍《へそ》の周りを舐められて、ちゅうっと吸われる。

お腹周りに赤い痕《あと》がついていく。

「貴女の肌は相変わらず美味《おい》しいですね」

「んっ、そんなとこっに、舌、いれないでっ」

お臍《へそ》に舌をくちゅくちゅと出し入れされるたびに、下腹部が疼《うず》く。

無意識に彰人の頭をかかえこんで、身体をぐっと前に倒してしまった。

「んっ、り、利音っ、苦しいですよ」

「ご、ごめん！」

あやうく彰人を窒息死させてしまいそうになり、慌《あわ》てて離す。

でも、お臍《へそ》なんかを舐める彰人が悪いんだ。私は悪くない。

そんなことを考えている隙に、彰人の手は私のＴシャツをさらに捲《まく》り上げた。

ぶるりと胸が彰人の目に晒《さら》される。

揺れる胸を下から揉《も》みしだかれ、また身体が前に倒れた。けれど、今度は待ちかまえていたとでもいうふうに、乳輪が舐められる。

彰人の指で押しつぶされ、尖り出した頂《いただき》も、ちゅるちゅると吸い上げられる。

「ひぁ、あ、あっ……。あ、きと……赤ん坊み、たいだよ」

「俺が赤ん坊だったら、ここはこんなふうになってはいませんよ」

そう言いながら、彰人は私の手をすでに猛《たけ》っている自分のものに触れさせた。

手に触れた肉茎はとても熱くて太い。

私はごくりと喉を鳴らしながら、スウェットの中からそれを取り出した。

見れば天井に向けて勃《た》ち上がっている。本当にこれが私の中へと挿《はい》っているのかと思うほど大きい。

鈴口を指の腹で怖々と撫《な》でた。

「焦《じ》らしてるんですか？」

「そんなつもり、ないぃっ……」

胸の頂《いただき》を突然甘噛《あまが》みされて、言葉が途切れる。

彰人は強請《ねだ》るように私の胸をしゃぶる。私も彼のものを擦《こす》った。

相手のものを触っているからなのか、胸を舐められているからなのか、漏れる息は短く熱い。

彰人という存在を覚えさせられた身体は、触れられてもいないのに下腹部がきゅんっと疼《うず》いて、自然と蜜を零《こぼ》す。

太ももをもぞもぞと動かしていると、彰人がぴったりとくっついている太ももの隙間を舐めた。

「んんっ……」

驚いて身体が飛び上がり、彰人の肉棒をぎゅっと強い力で握ってしまう。

「くっ……、はぁ……、出してしまうところだったじゃないですか」

彼が眉間に皺《しわ》を寄せながら私をしかった。

「別に、出してくれてもいいもん」

私は拗《す》ねた口調で返す。

今、彼が出してくれていたら私の負担が一回分減るんじゃないかと思う。

次の日が休みだと、彰人は私を満足するまで抱く。

普段は我慢しているようだし、真剣な顔でお願いされるからつい許してしまうが、正直いうと体力的にはつらい。

これで満足してくれるのならそのほうがよいと思ったのだが、彰人は嫌なのか、よりむっとした顔をした。

自分のものから私の手をどかすと、私に四つん這いの体勢をとらせる。

「そうなったら、いつもより一回分増えるだけですよ」

「馬鹿」

私の考えなどお見通しだというようにイジワルそうに笑った。

Tシャツと下着を脱がされる。後ろから回った手は片方が胸の頂《いただき》を扱《しご》き、もう片方は下腹部へと向かう。下腹部に行った手が花芯をとらえた。

蜜で滴《したた》るそこを確かめるように陰唇に触れると、浅く挿入される。

奥まで欲しいのに、決して挿《い》れてくれない指がもどかしくて腰が動いた。

「そんなに誘って、いけない子ですね」

「やぁ、足り、ないよ」

「そうでしょうね。貴女はこれぐらいの刺激だけじゃ物足りないでしょう」

くすくすと笑いながら、浅い部分の膣壁を擦《こす》る。

それも気持ちが良いけれど、それ以上の甘い刺激を私は欲した。

腕の力がだんだんと抜けて、上半身がシーツに沈んだ。腰だけを突き出した状態になってしまう。

私の胸から手を離した彰人は腰を擦《こす》り、臀部《でんぶ》に触れる。そこを撫《な》でまわしながら息を吹きかけ、舌を這わせた。

「んぁっ……！　や、あき、とぉ」

「貴女のここもすべすべですね」

私の身体は臀部《でんぶ》を行き来する大きな手に翻弄《ほんろう》される。

触れられてもいないのに秘所から蜜が零《こぼ》れ、つぅっと太ももを伝いシーツに染みをつくった。

「またこんなに零《こぼ》して、もったいないですね」

「そ、んなことっ、あぁあっあ、あ、」

溢《あふ》れる蜜は自分で止めることはできない。

彰人の肉厚な舌がねっとりと秘所を舐め、呑み干すようにじゅるじゅると吸う。疼《うず》くそこが、より蜜を滴《したた》らせた。

感じやすい蜜口を舐められ、ぬらぬらと蜜で濡れた指が花芯を嬲《なぶ》る。

「ふー……っ、ふー……」

「まるで毛を逆立てた猫みたいですね」

別に私は威嚇《いかく》なんてしていないけれど、体勢はまさにそれだ。

「猫……、いいですね。今度いろいろ準備してみましょうか」

「ふぇっ!? ひんっ」

バカなことを言う彰人に抗議したくても、言葉にはならなかった。

もう足に力は入らないのに、彰人が腰を掴んでいるのでベッドに沈むこともできない。

激しい愉悦《ゆえつ》が私を限界まで追いつめている。

はやく達してしまいたいのに、最後の刺激が与えられない。

泣き出しそうになったタイミングで、袋を破く音がした。

「蜜が止まりそうにもありませんし、塞《ふさ》いでしまいましょうか」

指と舌でどろどろに解《ほぐ》された膣壁に、膨れ上がった切っ先があてがわれる。ぐちゅりと熱く脈うった肉茎が膣内をみっちりと埋めつくした。

「あぁっ、おなかっ、が……」

いっぱいだ。

腰がくだけそうになる。喉に迫《せ》り上がる声も我慢することができない。

腰を支えていた手が離れ、ぐっと奥に押し込まれたと思ったら、両腕を取られ後ろへと回された。

彰人の律動に合わせて引っ張られる腕が少し痛い。

ただ、その痛みも今の私には心地良く感じてしまう。

上半身が浮いて胸がふるりふるりと振動に合わせて揺れる。

彼の猛《たけ》ったものがいつもとは別の場所にあたり、新しい感覚に目眩《めまい》がした。私は無意識に膣内を収縮させてしまう。

「塞《ふさ》いであげたのに、奥から蜜が溢《あふ》れて零《こぼ》れていってしまいますね」

「やぁっ、ん、んっ、か、かき、まわさないでぇっ」

奥を穿《うが》たれて、揺すられるたびに蜜が掻《か》きだされ、汗と混ざって落ちていく。

彰人はひどく愉《たの》しげな声で笑う。その息は熱い。

「不思議ですね。貴女のことは何度抱いても抱き足りない。どうやったらこの飢餓感《きがかん》が満たされるのか、全然わかりませんよ」

ぱちゅんぱちゅんと肌がぶつかる淫靡《いんび》な音が部屋に響いた。

彰人が私の手を離す。支えを失った上半身が重力に負けて、ぼすんとベッドに沈んだ。

いっそう激しく腰を打ち付けられ、足のつま先が丸まる。彰人に触れられたところすべてが熱くなって疼《うず》いていく。彰人に少し触れられるだけで蜜が零《こぼ》れ、口付けを交わすだけで蜜口が期待でひくひくと動く。最初から彼のために作られたとでもいうように私の身体は彰人に反応した。

これだけやっても、抱き足りないというのか……

私のほうは、何度も何度も抱かれて朦朧《もうろう》としてきている。

私の思いがまだ足りないというのだろうか。

それなら何度でも抱いてくれればいいと思った。彼が与えてくれた分だけの愛情を返したかったけれど、身体に力が入らず彼を抱き締めることはできない。

せめて、言葉だけでもと思うが、喘《あえ》ぎ声で言葉にはならなかった。

だんだんと彰人の身体が私の背中に密着してくる。私の背中と彰人のお腹がぴったりとくっついたまま腰を揺すられた。

彰人は私の肩に自分の鼻先を擦《こす》り付けてくる。彼の黒い髪の毛が私のうなじをくすぐった。

二人の体温が上がり、熱帯夜のように暑くなる。

彼の体重で身体の身動きができなくて苦しいのに、突き上げられる快楽に、全身が痺《しび》れた。

蠢《うごめ》く膣口に、さらに強く熱棒を押し込まれ、汗ばんだ背中が反りあがる。

「やぁあ、あぁ、あきとぉっ！　あぁあ」

亀頭に奥を圧迫され、私はシーツにしがみついた。

「俺のものでたくさんイッてくださいね」

「おく、やぁ、もうやぁっ」

身体をぴったりとくっつけたまま彰人は私を抱きかかえ腰を揺さぶってくる。

奥深くまでぐっと押し込まれた瞬間に私の両足は曲がり、一際高い嬌声《きょうせい》が零《こぼ》れた。

「ひあぁあっあ、あ、あぁあああんっ」

「はっ、くぅっ……！」

絶頂を迎えた膣が彰人の肉茎に絡《から》みつく。

彰人は数度腰を振り、より強く私を抱き締めながら爆《は》ぜた。

「利音……」

「うぁあっ」

私の背中からどいた彰人は、肉棒を挿入したまま私の身体を回転させた。

真正面から抱き締められる。

「んんっ、ちゅっ、ん」

「本当、可愛いですね貴女は……んっ」

ちゅっちゅっと何度も口付けを交わしながら、二人で穏やかに笑いあった。


最近彰人が私を離してくれなくなった。一日中、抱き締められて、自宅に送ってくれる時は寂しそうな目をする。

一緒に住もうとは言ってこないが、彼がそれを望んでいることぐらい私にだってわかる。いつ言おうか、迷っているのだと思う。

ただ、私自身どうしようか迷っている。それというのも、一緒に暮らすとなると会社に申請を出さなければならないのだ。

つまり、彰人と同じ住所であることが知られてしまう。

まだ婚約したわけでもないし、同棲してしまうのはどうなのかという思いもある。

そんなわけで、とりあえずもうしばらくは自分のアパートも維持しようと思っていた。

月曜日は自宅から会社へと出勤する。

また一週間が始まる憂鬱《ゆううつ》さにため息をつきながら、自分のデスクで仕事を始める。

すると隣の席の由香里が話しかけてきた。

「そういえば、今週のパーティーに利音、行くんでしょ」

「さすが由香里。お耳がはやいことで」

由香里は社内の情報を手に入れるのが早い。どうも秘書課の早苗ちゃんから教えてもらっているようだ。

「早苗も行くみたいだよ」

「あ、そうなんだ」

社長か常務のお供をするのだろう。たしか社長には奥さんが居るので、多分、常務のパートナーだ。

私は常務と面識はないけれど、彼には感謝している。

前の会社の上司だった冨澤課長に頼まれて、私がこの会社に入るきっかけを作ってくれた人だ。

なんでも社長同様、優秀な人で美男子という話。私は社長しか見たことないけど、社長の顔は綺麗だ。常務は社長の弟らしいので、きっとハンサムだろう。

早苗ちゃんはどうも、常務に気に入られているみたい。

ちなみに由香里は大学時代から付き合っている彼氏がいる。他の会社の人なので詳しくは知らないけれど優しい人らしい。

この間写メを見せてもらったが、とても良い男だった。由香里も綺麗なので似合っている。

私はふとため息をついた。

「なんだかお疲れ？」

「そうなんだ。今週のパーティーのこと考えるとねぇ……」

基本的な準備は彰人がやってくれているけど――招待されている人のほとんどを私は知らない。

仕事関係の人たちばかりの中でそれってどうなのって思う。彰人に聞いてはみたけれど、当日のお楽しみですよとか言ってごまかされた。

あれは、私が当日慌《あわ》てるのを楽しもうとしているに違いない。ひど過ぎるでしょ！

早苗ちゃんに聞いてみたけど、彼女からも当日のお楽しみと言われてしまった。

ちなみにパーティーに憂鬱《ゆううつ》になっているのは本当だが、ため息の原因は別にある。実は会社の女性社員からの視線が痛いのだ。

私と彰人が付き合っていることは会社の大体の人間が知っている。

女性社員の間では、私が権力を使って彰人と無理やり付き合っていると噂になっているようだ。

由香里は「捕まったのは利音のほうなのに、笑える」と言っていたが、笑い事ではない。

私は会社では二人の関係を隠しておこうと思っていたのだ。彰人は女性社員に人気があるし、私が会長のコネで採用されたこともいつの間にか広がっていた。そんな二人がつきあっているとなれば、どんな噂がたつか予想はつく。だから、彰人にも黙っていてくれるように頼もうと思っていた。

なのにそれを言う前に、彰人が会社の廊下で親しげに「利音」と声をかけてきた！

あれは絶対ワザとだ。

その時、私は同じ部署の人と談笑していたから、相手にもそれを聞かれてしまった。

とっさにごまかしたけれど、その後も彰人は私が人と話している時にかぎって「利音」と嬉しそうに話しかけてくる。その笑顔に黒いものを感じた私は、彼にやめてと頼んだけれど「牽制《けんせい》ですよ」などとわけのわからないことを言って一向にやめる気配がない。

何を考えているのかわからない彰人の行動を由香里と早苗ちゃんに相談したけれど、そういうことをしそうな人だと思っていたと笑うだけで、とりあってくれなかった。

そんなわけで、私たちの関係はあっという間に会社中にバレた。

社内恋愛禁止というわけではないが、会長にまで恋人が狭山だと知られていたのは恥ずかしかった。

「熊谷ちゃんが言っていた大切な人というのは狭山くんだったのか、彼はいいよね。うんうん、応援するよ！」

なんて言われ、恥ずかしいやら、申しわけないやらで、挙動不審になってしまったほどだ。

なんで会長がそんなことを言ってきたかというと、片岡さんとのお見合いの話を断る時に私が話したからである。

お見合いの翌日、改めて片岡さんとお付き合いをする意志がないことを会長にお伝えした。私のことを大切に思ってくれる人がいて、私も同じようにその人のことを大切に思っているので他の人との将来を考えられないと正直に言った。会長に嘘をつきたくなかったし、片岡さんにも誠実でありたいと思ったからだ。

その結果、彰人とのことを会長に祝福してもらえたのは嬉しいけれど、だからといってみんなに言いまわりたいかといえば話は別。なぜ、そんなに公表したいのか、彰人の行動が恨《うら》めしくなる。

現に私と彰人が付き合い始めたのを知った彼狙いの女性社員には、なんであんたみたいな平凡な女が選ばれたのとでもいうような、きつい目つきで見られるようになった。

私自身、彰人と釣り合いがとれているとは思わない。けれど、私ほど彼を愛せる人間はいないと思う。それに、あんなに私を愛してくれている人を、自分が恥ずかしいからといって裏切ることなどできない。

だから、私から彰人を奪おうとするのならこちらも全力で戦うつもりだ。

幸い、彰人の同期の人たちは、私に好意的だ。

仕事も、同じ部署の人たちとはうまくいっている。転職当初は会長のコネ採用であることを隠していなかった私に思うところもあったようだが、真面目な態度で仕事にとりくんでいるうちに、うちとけていった。

がんばっていれば、認めてもらえる。私は気合を入れ直して、仕事に向かった。

「がんばろう！」


その日の帰り仕度の際、また由香里に話しかけられた。

「利音、パーティーのドレスどうするの？」

「あー、彼が用意するっていうからまかせてる」

「うわー、あいつそういうことするタイプ？」

「うん。それがまた、センスがよくて腹立つんだけどね！」

愛されているねと笑う由香里の言葉に照れながら、私は「またね」と由香里に挨拶《あいさつ》をして彰人の家に向かった。

パーティーの準備で私がやることは少ない。

ドレスも美容院も彰人任せ、メイクも美容院でしてくれるそうだ。

一晩の魔法のようだ。

彰人の手による魔法。

きっと彼ならお姫様気分にしてくれるだろう。

もっとも彰人は、パーティーが終わって、魔法を解いていく時間のほうを楽しみにしているようだ。

そう思うと、楽しみな反面、怖いような気がした。


そうこうしている間にパーティー当日の土曜日になる。

前日はいつものように彰人の家に泊まり、翌日の昼過ぎにサロンに行った。

ドレスや靴はすでにサロンのほうに準備してあるので、何も持たずにすんだ。

プロの手によって施《ほどこ》されたメイクとヘアアレンジ、ネイルアートにテンションが上がる。華美過ぎず、シンプルだけれど綺麗なネイルなのでずっと眺めていたくなる。

彰人が用意してくれたのはワインレッドのワンピースドレス。胸元はタックになっており、裾にはパールが縫いこまれている。腰の部分で切り替えになり、上品な大きさのリボンがついていた。膝《ひざ》丈までのプリーツの下からパニエのレース部分がかすかに見えるのも可愛らしい。

ワンピースの上にフレンチスリーブの黒いボレロを羽織《はお》り、同じく黒のグリッターヒールパンプスを履いた。

「……綺麗」

彰人が用意したドレスに合わせたメイクとヘアアレンジは自分が選ぶものよりも大人っぽい。

自分でも驚くほど変わって見えた。こんな上品な格好は似合わないと思っていたのに、プロの手にかかるとこんなにも違うのかと感心する。夢見心地になっているところへ彰人が現れた。

「準備できましたか」

「え!?　彰人!?」

「迎えに来ましたよ」

今日は会場の前集合という約束をしていたので驚く。

早く彼に見て欲しいと思っていたので、満面の笑みで駆け寄った。

「どう？」

一回転してみせるが彰人は無反応。

こんな反応は今まで一度もされたことがない。

不安になりながら彰人の顔を覗き込む。

すると彼は片手で自分の口元を覆《おお》って私の肩を抱き寄せた。そして耳元で囁《ささや》く。

「可愛過ぎてこの場で襲いたくなりました」

「ちょっ!?」

不穏な言葉に思わず身体をひく。

「やっぱり似合いますね。俺の利音は誰よりも綺麗ですよ」

彼は優しく、もう一度私の身体を抱きよせた。

私の頬に口付けを落とし、蕩《とろ》けるような笑みを浮かべる。

そう言う彰人のほうがずっと素敵だ。

クラシックなダークブラックのスーツは、彼の身体にぴったりと沿い色気がある。いつも以上に綺麗にまとめられた髪も似合っていた。

その髪の毛を乱してしまいたいと思うほどだ。

もともと立ち振る舞いの綺麗な人だ。こういう格好をすると優雅に見える。ぼんやりと彰人に見《み》惚《と》れていると彼は言った。

「さて、お披露目《ひろめ》に行きましょうか」

「別に私のお披露目《ひろめ》パーティーじゃないし」

私は慌《あわ》てて否定する。

けれどもその言葉で、私は気づいてしまった。

彰人の服は私の服と対になっている。ペアルックというほど露骨《ろこつ》ではないが、色も合うようになっているし、さりげない飾りのモチーフも同じだ。私を自分の恋人だと周囲に示したがる彰人に苦笑する。

ますます、会社の女の子の目が冷たくなるなと思うが、嬉しくないわけではなかった。

パーティー会場は有名ホテルの中のホールだった。

会場にはすでに人が集まってきている。あまりに人が多いので、私は彰人の隣から逃げたくなる。けれど、がっちりと彼に腰を掴まれているので逃げるに逃げられなかった。

彰人に促《うなが》されて受付を済ませる。

そこで、私は隣のホールの案内板に目が釘づけになった。

「……え？」

そこには前の会社の〝創立三十周年記念パーティー〟と書かれている。

「ふふ、驚きました？」

彰人は不敵に笑う。

「彰人、知っていたの？」

「俺は大切なものを傷つけられるのが許せないんです」

彼は私の質問には答えず、意味深なことを呟《つぶや》いた。

「う……、うん？」

「なのできっちり罰を受けてもらおうと思いまして」

彼の言うことはまったく答えになっていないし、目的も全然わからない。

私を人に見せびらかしたいのだろうと思ってついてきたのだが、他に目的でもあったのだろうか？

私はごくんと唾を呑む。

前の会社のパーティーが隣の会場であるなんて、思いもしなかった。私は元彼とはもう二度と会いたくなかったので、そちらの会場にはあまり近づきたくないのだが、彰人は何か別の思惑があるらしい。

いずれにせよ、彼は私が傷つくようなことはしないと信じている。

私は気合を入れなおすと、彰人にエスコートされるがまま、いろいろな人と挨拶《あいさつ》した。彰人は会う人、会う人に私を婚約者だと紹介する。

ただ単に、本当に見せびらかしたいだけなんじゃないかと疑いそうになった。

今のところ私の知り合いには会っていない。

ロビーに出なければ誰とも会わずに済むかもしれない、そう思い始めた頃、彰人が言った。

「利音、少し離れますが大人しくしていてくださいね」

「はい。行ってらっしゃい」

仕事関係の人に挨拶《あいさつ》をするのだろう。私がいないほうがいいのかもしれない。私は笑顔で送り出す。

そこでふと、彰人が居ない間に、お世話になった冨澤課長には挨拶《あいさつ》しておいたほうがいいかもと思いついた。

どうにかして課長だけ見つけられないだろうか。

愛想笑いも疲れてきたので、とりあえずロビーに出て考えよう。

私は会場の中から彰人を探し、「外で一休みしているね」と声をかけてからロビーに向かう。

ちなみに彰人は長身で目立つのですぐ見つかった。

ホールの前のロビーには数席のソファとテーブルが置いてある。その一つに腰かけようと足を進めていると、後方から声をかけられた。

「あれ、利音ちゃん⁉」

「へ？」

名前を呼ばれて振り向くと、以前の会社の同期がいた。

「久しぶりだねー！」

「本当だよー！　今、柴崎会長のところの会社に居るんでしょー？　どうなの？」

なつかしくて笑顔で答えると、彼女も嬉しそうに言う。

「楽しいよー！　中途採用だけど、同い年の同僚と仲良くなったしー」

再会を喜び、お互いの両手を握り合って年甲斐もなくきゃっきゃっとはしゃぐ。

前の会社を辞めて以来、彼女とは連絡をとっていなかった。いい辞め方ではなかったので連絡がとりづらかったし、忙しくてつい忘れていた。

「でも、なんで利音ちゃんもここにいるの？」

彼女に言われて、言葉につまる。

「あーっと、今の会社が他社と合同でやっているプロジェクトが成功して、そのお祝いで……。隣の会場なんだけどさ」

彰人のことを言うのは躊躇《ためら》われた。

別に言っても構わないし、あの馬鹿とはすでにもう終わったことだ。それでも、言いづらかった。

ごまかすために話題を変える。

「社長は相変わらず社員に愛されているの？」

「そうだよ。利音だって社長のこと慕ってたでしょ？」

「うん」

前の会社の社長は社員に愛されている人だ。

仕事には厳しいけれど穏やかで、温かい人。

私も社長のことは好きだった。彼の人柄もあって、会社の雰囲気もよく、祥太郎のことがあるまでは働きやすかったのだ。

もちろん前の会社を辞めたことは後悔していない。あれは私にとって必要なことだったと思う。

けれども彼女は私を少し困ったような顔で見る。

そして覚悟を決めるように一呼吸置くと、一気に言った。

「彼、もちろん来てるよ」

「だよね……」

私はため息をつく。

やっぱりあの馬鹿も居るのか。

あいつはまだ社員なのだから居るだろうと思っていたが、見かけなかったので、何かの都合で居ないといいなと期待していたのだ。創立記念パーティーは女性同伴だというので、彼が居るということは、婚約者も来ているかもしれない。

少なくとも婚約者の父親である、あの上司は居るだろう。

わかっていたことではあるけれど、改めてそれを考えるとなんだか憂鬱《ゆううつ》になる。

どうか会わないで済むように神様に祈った。

同期の彼女は、祥太郎は今、同期や私が親しくしていた人たちと関係が悪くなっていると言う。

「別れたのはしょうがないけれど、その後がクズいんだもん」

私と別れただけであれば、そこまで嫌われることもなかっただろう。私にとっては浮気だが、人の心が移ることを責めることはできない。けれど、祥太郎はその後、悪意のある噂を会社中に広めた。

そんなことをすれば、人としての信頼を失う。

あの馬鹿は、同期と関係が悪くなるとは思わなかったのだろうか……

同情はしないが、少し心配になった。

「仕事の足を引っ張ったりしないよ？　ある程度のフォローだってするけどさ。みんな、あいつとだけは仕事したくないって口揃えて言うようになっちゃったんだよ」

「あーらら……」

「そのことも、利音ちゃんのせいにして逆恨《うら》みしてるからなぁ……」

「会わないほうがいいかもね」

ますます、顔を合わせたくなくなった。

別れた後の騒動を思い出して、気分が悪くなる。

「本当、なんであの男を好きだと思ったのか、過去の私を全然理解できない」

この人と付き合っても良いと思った何かがあったはずなのに。仕事を大切にしていた彼が、その仕事すらうまくいかなくなっていると聞いて悲しくなった。私が何かを変えてしまったのか、彼が変わってしまったのか。

「恋愛なんてそういうもんよ」

元同僚は、私を慰《なぐさ》めるように言う。

「やだ、おっとなー」

雰囲気が暗くなってきたので、無理やり明るく返す。

「でも、利音ちゃん今男居るでしょ」

彼女はいきなり爆弾を投下した。

私は驚いて思わず叫んだ。

「なんでわかったの!?　エスパー!?」

そんな私に構わず彼女は笑みを浮かべながら続ける。

「しかも絶対良い男」

「怖いよー、なんでわかるのよー、怖いよー」

自信満々で言う彼女に私はますます驚く。

「ふふ、なんででしょうね。答えはきっとすぐにわかると思うよ。それにしてもあの彼と付き合ってたころと比較にならないぐらいに綺麗になったね。利音ちゃん、大事にしてもらってるんだね」

「うん、大事にしてもらってる」

私は素直に頷《うなず》いた。

えへへ、なんて照れ笑いをしてしまう。

でも彼女の〝答えはすぐにわかる〟という言葉が気になった。

だんだんと不安になってきてしまい、彼女に問おうとした。けれど腕時計を見た彼女は申しわけなさそうな顔をする。

「あ、ごめん。私そろそろ行かないと！　手伝いをしなきゃいけないんだ」

「うん。頑張ってね」

手を振りながら創立記念パーティーに戻っていく同期を見送った。

今度こそソファに座ろうと思ったのにまた声をかけられる。

それも、今一番聞きたくないと思っていた声だ。

「もしかして、利音か？」


相手が誰なのかわかってしまうのが悔しい。

なんで、ロビーになんか出てくるのよ……

私は一つ息をついて、振り返った。

「お久しぶりですね」

「へぇ……、ちょっと変わったか？」

彼は、ほんの少し驚いた顔をする。

「えぇ、いろいろありましたから」

私はつとめて冷静に答えた。

正直、今すぐにでもこの場を立ち去りたいのだが、さすがにそれでは大人気《おとなげ》ない。

できるだけ早く話を切り上げるにはどうすればいいか考えた。


祥太郎は少し疲れた顔をしていた。

最後に見た姿と比べ、随分やつれているような気がする。

さっきの同期の子に聞いた話を思い出す。

「お前のせいで大変なんだぜ？　会社ではあることないこと噂されるし、それ聞いた婚約者が喚《わめ》くし泣くし、義父に泣きついたんで義父には怒鳴られるしで」

明らかにやつれた彼に、どうしたのか聞こうか聞くまいか迷っているうちに、あちらから説明してくれた。

聞いていた通り、彼の中では私のせいになっている。

その言い草にもう一度頭を殴りたくなるが、必死に自分を抑える。笑顔を崩さず、ここをどう切り抜けようか考えた。けれども、何も良い考えは浮かんでこない。

このまま祥太郎を置いて立ち去ろうと、無言でホールのほうへ足を向けた時、第二の矢がきた。

「どうなさったの？　そろそろホールに戻らないと」

「あっ。えっと」

綺麗な女性が祥太郎に話しかける。

祥太郎の動揺と彼女の雰囲気で、すぐにわかった。

この女性が馬鹿の婚約者だ！

彼女がどういう人なのかわからないが、つい嫌な顔になってしまう。が、すぐに我に返り、慌《あわ》てて私は笑顔を作った。

「この方は？」

「その、昔の同僚なんだ。あ、熊谷さん、こいつ俺の婚約者」

問いかける彼女に、祥太郎はぞんざいな紹介をする。彼女は、そんな彼の態度が気にならないのか丁寧に頭を下げる。

「野宮美織《のみやみおり》と申します」

「はじめまして、以前鈴木さんと一緒に働かせていただいておりました熊谷です。この度はご婚約おめでとうございます」

私も、笑顔を作って挨拶《あいさつ》を返す。

鞄から取り出した名刺を手渡しながら軽く頭を下げた。しかし、頭を上げて改めて見た彼女の顔は笑っていなかった。


「貴女があの熊谷さんなんですね。私の婚約者にまだ何か御用がおありですの？」

「いえ、そういうわけでは」

急に敵意を向けられて、私は怯《ひる》んで一歩後ろに下がる。

「怖い人ですね。わざわざ会社のお祝いの日を狙ってホテルに来るなんて。今でもストーカーなんですね。ねぇ、やっぱり警察に言ったほうがいいんじゃないかしら」

彼女は、祥太郎の腕をとって、私を睨《にら》んだ。

祥太郎は彼女にも私がストーカーだと言っていたようだ。

しかし、私がストーカーをしていた事実はない。警察沙汰になって困るのは祥太郎のほうだろう。

だからか、彼は慌《あわ》てて「大事《おおごと》にするつもりはないんだって」と彼女を宥《なだ》めている。

その様子に余計に気分が悪くなるが、感情のまま怒鳴りつけたところで何も解決しない。

彼女は私を自分の婚約者に付きまとうストーカー女だと思っているのだ。敵意を向けられるのも当然だろう。悪いのはすべて祥太郎だ。

私はできるだけ穏便にことを進めようと、ことさら穏やかに話す。

「私、現在は他社で働いておりまして、今日はそちらの関係のパーティーに来ているんです。創立記念パーティーがあることは存じませんで……」

微妙にニュアンスが違うが、嘘は言っていない。

説明するのもめんどうなので、簡単に事情を告げた。

「嘘ばっかり！　貴女が付きまとっても、彼は私の婚約者なんですから。それとも貴女のご家庭では他人の婚約者に手を出しても良いというご教育をされたのかしらね」

しかし、彼女は、私への侮蔑《ぶべつ》を隠そうともせず、さらに私を責める。

（その台詞《せりふ》そのまま貴女に返してやるわ！）

祥太郎に嘘をつかれている彼女に悪気はないのかもしれないが、それでも頭にはくる。

しかも、この騒ぎを聞きつけたのかいろいろな人がこちらに集まり始めた。

あまりの居心地の悪さに居たたまれなくなる。

もうこうなったら、無視してホールに逃げようと思っていたところに、さらにややこしい人が来た。

「こら、お前たちなんの騒ぎだ」

「義父《とう》さん……！」

祥太郎の婚約者の父であり、私に退職を促《うなが》した部長がこちらを睨《にら》みながら近づいてきた。

「ん、君は……。また、彼に何か用でもあるのかね。いい加減に諦めたらどうだ」

その言い方にカチンとくる。

「彼に用はありません。私はこの馬鹿に未練はありませんし、第一、婚約者もおります」

実際には婚約者（仮）だが。彰人も他の人に私を婚約者と紹介していたからいいだろう。

しかし、私の発言が火に油を注いでしまい、三人はさらに激しく私を非難した。

ついに、私は我慢の限界を迎え、思わず怒鳴り声を上げる。

「ピーピーピーピーうるさいな！」

祥太郎の婚約者は顔を引きつらせた。

「なっ……！　なんて失礼な方なの！」

「あ、すいません。声に出てました？　思わず本音がでちゃいました」

怒りが収まらない私は臨戦態勢に入る。

そこで突然後ろから腰を抱かれた。

「どうしました、利音。なかなか戻ってこないので、迎えにきましたよ」

彰人が穏やかに笑っている。

「ちょっと、昔の同僚とその婚約者の方、彼女のお父様とお話ししておりました」

彰人は相手が誰なのかわかっていたのか、顔色は変わらない。ただ腰を抱く力がより強くなった。

彰人は祥太郎たちのほうを向き、にっこりと笑う。しかし、その笑顔はどこか冷たい。自分に向けられたものでもないのに私は背筋がぞくりとした。

「初めまして。うちの利音がお世話になったようで。利音の婚約者の狭山彰人と申します」

すっ、と慣れた仕草で彰人は名刺を祥太郎と野宮部長に渡す。

それを見た二人の顔に動揺が走った。

「あ、あの狭山さんですか。お噂はかねがね」

野宮部長が自分の名刺をとり出しながら言う。

「どんな噂か怖いですね。私のほうこそ、野宮部長のご活躍は聞き及んでおります」

仕事モードで話す彰人を初めて見た。「私」と使う彰人も格好良いなんて、こんな時なのに見惚《みと》れてしまう。

「……あの狭山さんが、り……熊谷さんの婚約者ですか？」

彰人は他社の人間にも知れ渡るほど優秀な営業マンらしい。

祥太郎がありえないという顔で彰人と私を交互に見た。

その気持ちがわからないわけではないけど、腹立たしい。

それに今私のことを〝利音〟と呼ぼうとした。

人のことをストーカー女呼ばわりするくせに、そういう無神経なところが情けない。

「えぇ、そうですよ」

彰人は私の頬を優しく撫《な》でた。

くすぐったいし、恥ずかしいけれど嬉しくて、口元が綻ぶ。

私たちの雰囲気が気に入らなかったのか、祥太郎は眉間に皺《しわ》を寄せて馬鹿にするような口調で言った。

「こいつ、すぐ人に暴力を振るうような女ですよ」

「それは振るわれたほうに問題があると思いますよ。彼女は意味もなく暴力を振るうような女性ではありませんから」

穏やかに笑ってみせる彰人。

その彼の顔を見上げ、改めて格好良いなと思った。彰人は外見が良い。けれど、今私が彼に感じている格好良さは、外見の良さからくるものではない。

私を護ろうとしてくれる優しさに惚れ直してしまう。

この人を好きになって良かったと心から思った。

目の前の祥太郎がおどおどした態度なので余計にそう思うのかもしれない。比べるのはいけないことだと思いつつ、彼と過ごしていた時よりも、愛されている自分を実感した。

「で、うちの利音にいろいろしてくださったようですね」

彰人は少し低い声で凄《すご》んだ。一瞬にして、場の空気が数度下がったような気がする。

彰人は笑ってはいるけど、キレている。全身から黒いオーラが出てきているようだ。

私は彰人の腕を思わずギュッと掴む。

祥太郎と野宮部長の顔が引きつった。

しかし、美織さんは怪訝《けげん》そうな顔をしている。

男性二人が何も言わないので、美織さんが前に出た。

強い視線で彰人を見る。

「何をおっしゃるんですか！　そちらの彼女が私の婚約者にストーカーまがいのことをしていたんですよ！」

「それはおかしいですね。貴女と婚約される以前、利音は彼と付き合っていたと聞いてますよ。彼女からも彼女の周りの人たちからも。利音がストーカーをする理由などない」

美織さんは彰人の言葉に口を開けて驚いたものの、すぐに言い返した。

「なっ、そんなの彼女の妄想です！」

「妄想、ですか。俺としては、嬉しくないことに、二人が付き合っていたという証拠は山のように出てくるんですけどね。なぜ、利音がストーカーなどと言われているのか俺にはまったく理解ができないですよ」

美織さんは、その言葉に何か感じるところがあったのだろう。一度瞳を閉じて深呼吸をする。そして、真っ直ぐ私たちを見つめた。

「ご説明願えますか？」

落ち着いたトーンの言葉に、祥太郎と野宮部長の声が重なる。

「何言ってるんだ。そんなの時間の無駄だろう！」

「そ、そうですよ！　聞く必要なんてないですよ！」

焦り始めた彼らを無視して美織さんは、彰人の言葉を待つ。

「……こちらをどうぞ」

彰人はスーツの内ポケットから細長い茶封筒を取り出す。

笑みを浮かべた彼の姿はまるで死神のようだ。

私は封筒の中身がなんなのか怖くなった。

美織さんは彰人から茶封筒を受け取るとおそるおそる開けた。

その顔はみるみる青くなる。

私は彰人に封筒の中身を教えてもらおうとする。それより、一瞬早く、美織さんが祥太郎にするどい声で聞く。その手には先ほどの封筒からとり出したもの——数枚の写真が握られていた。

「ねぇ、これ、どういうことよ！」

「え？　あぁ、そ、それは！」

つきつけられた写真を見て祥太郎がうろたえる。ますます、写真に何が写っているのか気になった。

ちらりと、彰人を見ると、耳元で囁《ささや》かれる。

「利音の同期の飲み会で撮った写真ですよ。利音とあいつが付き合い出したのをお祝いしてとかっていう」

「ゲッ……」

「借りた瞬間に燃やしてやりたかったんですが、利音のために我慢しました。後でちゃんとお礼をしてくださいね」

微笑まれたが、素直に感謝できなかった。彼が期待しているお礼を考えて、ため息をつく。けっして嫌なわけではないのだが、体力的にはつらい。

それにしても、祥太郎と付き合い出した記念の写真とはどんなものだろう。

あまり見たいものではないが、気になって美織さんのほうを見る。

美織さんはこちらに向き直り、思い切り頭を下げた。

かすかに見える耳は真っ赤になっている。

「大変申しわけございませんでした。こちらの数枚の写真からはたしかにお二人がお付き合いしていたのだろうと推察できます。何も知らなかったとはいえ、熊谷さんに失礼な態度をとったことを謝罪させていただきます」

彼女の突然の言葉に野宮部長は慌《あわ》てる。

「こら、何を謝っている！　全部こいつらのでっち上げに決まっているだろ」

「お父さんは黙っていて！　これを見てでっち上げだと言うほど私は馬鹿でも阿呆《あほう》でもないわ」

美織さんは毅然《きぜん》とした態度で部長にきっぱりと言う。とても真っ直ぐな人だ。

そして彼女はずいっと父親に写真を見せる。その時、私にも写真に写っているものが見えた。

それは、祥太郎と付き合い始めたころの同期会で、周りにはやしたてられて撮った写真だ。

今となっては思い出したくない黒歴史に、この写真を撮った人間を恨《うら》みたくなる。が、次の瞬間、ハッとした。

この写真は、さっき話していた同期の女の子が撮ってくれた写真だ。

私に良い男ができたんでしょと自信ありげに言った彼女。彼女は彰人のことを知っていたのだ。

どうやって彰人が彼女のことを知り写真を借りたのかは謎であるんだけど、少しすっきりする。

「婚約者の言い分を、疑いもせず信じてしまっていた私に非があります。後日改めてお詫《わ》びさせていただきます」

「あ、いえ、そこまでしていただかなくても……」

美織さんは深々と頭を下げて謝った。

私のほうが申しわけなくて逆にあわあわと焦る。けれど彼女は「いいえ」と首を振った。

「それではこちらの気が済みませんので。ほら、貴方も頭下げなさい！」

「え、え……っつ」

祥太郎の頭を思いきり下げさせて、もう一度彼女は私に頭を下げた。

「お父さんも！　お父さんと貴方のせいで、熊谷さん会社辞めることになったんでしょ。謝っても謝りきれないのよ！」

野宮部長にも私に謝るように言う。その堂々とした態度に、私は彼女を見直した。彼女とは友人になれるかもしれない、同じ馬鹿な男にひっかかった女性として。彰人は嫌がるだろうか、と彼のほうをうかがうと、彼は冷静な声で美織さんに言った。

「こちらとしても騒ぎを大きくしたくないですから。訴えるなどはいたしませんのでご安心ください」

それを決めるのって私じゃないのかしらと思ったけれど黙っている。

多分、この場をお膳立《ぜんだ》てしたのは彰人だ。私は婚約者（仮）に全てを任せて、口を出さない方がいいだろう。

「ただ、俺の利音に今後二度と近づかないでください。近づいたら、どうなるかわかっていますよね」

彰人の声はいつも以上に低い。

私に向けられているわけではないのに、背中がゾクっとした。視線も見たことがないほど冷たくするどい。

今まで彰人を怖いと思ったことは何度もあったけれど、それ以上の恐怖だ。

美織さんは平然としているが、男二人は顔面蒼白になって震えている。

彼らに同情する気はないけれど、気持ちはわかる。私も怖い。

彰人の絶対零度の微笑みに思わず身体をさすると、それに気づいた彼が柔らかく私の肩を抱いてくれた。寒いのは彰人のせいなのにその温かさに安堵する。

「どうしたんだ？」

そこに新たな声がかかる。

振り返った私は反射的に頭を下げた。

「お疲れ様です！　ご無沙汰しております」

「熊谷。久しぶりだな、新しい会社はどうだ？」

「はい、皆様によくしていただいております」

そこにいたのは前の会社で働いている時に上司だった冨澤課長だ。現在は専務となっていると、先日会長に教えてもらった。

冨澤専務は会社の跡取りなのだそうだ。それを知られないように母方の姓を名乗って仕事をしていたが、公表したらしい。

祥太郎と野宮部長は専務が現れたことに驚いて、口をぱくぱくしながらもどうにか頭を下げた。

「そういえば聞いたよ。婚約することになったんだってな」

専務が穏やかな声で私に話しかける。

「はい、私にとってこれ以上ないというほど素敵な人です」

「そうか、よかった。結婚式にはぜひ呼んでくれ」

「専務さえよければ、ぜひ」

本人を前にして口に出すのも照れくさいが、笑顔で報告をする。

専務は最後まで私の面倒をみてくれて、相談にも乗ってくれた。心配をかけたのだから、安心してほしかった。

彰人ににっこりと笑いかけると、彼も微笑みかえしてくれる。

「幸せそうだし、仕事も楽しそうで何よりだ。けど君のような優秀な人材をあんな形で手放すことになるなんてな」

「そんな……。そう言っていただけるだけで私は十分です」

専務に優しく言われて、泣きそうになった。たとえそれが社交辞令だったとしても嬉しい。

すると私の腰を掴む力が強くなる。そちらへ視線をやると彰人が不機嫌になっている。私は彰人の背中にそっと手を添えて撫《な》でた。

(大丈夫。私は彰人以外の人に目を向けないから)

そんなふうに思っていることが伝わるように背中を軽く叩く。彰人は力を少し弱めた。

冨澤専務はそれを見て苦笑している。

恥ずかしい……

「彰人がこんなふうになるとはな、俺は思いもしなかったよ……」

私にべったりの彰人に親しげに話しかけた。

え!?　知り合いなの？

驚いて彰人のほうを見る。

彼は少し口の端を上げて笑っただけだった。

彼らが親しいということは、専務をこの場に呼んだのは彰人だろう。

ロビーで大騒ぎをしている私たちを見て、声をかけてくれたのだろうと思っていたんだけれど違うんだ。冨澤専務はわざわざこのタイミングを選んで私に話しかけたんだ。

専務も彰人もなんて恐ろしい！

「冨澤専務には感謝してますよ。利音がうちの会社に来るきっかけを作ってくださったんでね」

怯《おび》える私を横目に彰人たちは談笑している。

けれど、冨澤専務の口調が急に厳しいものに変わった。

「それを言われると……。馬鹿げた噂を流すような人間とそれを鵜呑《うの》みにして必要な人材を追い込むような人間がうちの会社には居るようなのでな、今後いろいろと改革をしていかなければならないとは思っているんだ」

専務のその言葉を聞いて私は、彼も彰人の仲間なんだなと確信した。

わざと言っているんだ、二人が居る前で。

祥太郎と野宮部長はさすがに何も言えないようだ。

美織さんも唇をかみしめて、目を伏せてしまっている。

私は彼女を見て少しかわいそうになった。

部長と祥太郎はともかく彼女は騙《だま》されただけだといえなくもない。

美織さんのことが気になってハラハラしている私をよそに専務は続ける。

「膿《うみ》は出し尽くしてしまわないとな」

笑いながらはっきりと言った。

祥太郎と部長は顔面蒼白になり、唇をガタガタと震わせている。

まさか彼らはこんなことになるとは思っていなかっただろう。私も思ってもみなかった。

これ以上此処《ここ》にいてもしかたないと判断したのか三人は頭を下げてホールへ戻っていく。

「あれ？　もしかしてもう終わっちゃった？」

三人の姿が見えなくなった頃、そんな言葉を発する人物が現れた。

仕立てのよいスーツを着た男性。

この人はいったい……？

「常務、遅かったですね。ええ、終わりましたよ」

彰人の言葉を聞いて、慌《あわ》てて私は頭を下げた。

この人が常務だ！

こうして見ると、社長と似ているようにみえる。

「少し人に捕まってたんだよ。まぁ、俺がいなくても問題はなかっただろ？」

「まったく、柴崎から連絡がきた時はどういうことだと思ったぞ。こちらもそろそろ社内の人材を整理しようと思っていたからちょうどいいタイミングではあったが……」

冨澤専務が常務に言った。常務も朗《ほが》らかに笑う。

もっとも、話の内容は全然朗《ほが》らかではないが……

「ふふ、見せしめといったところか」

「あぁ、娘さんには申しわけなかったかもしれないがな」

私をよそに、みんな談笑を始める。どうやら全員彰人が呼んだようだ。

その気持ちは嬉しいが、事前に説明ぐらいはしてほしかった。のけ者にされたような気になり、拗《す》ねたくなってしまう。

ため息をつきながら専務に言った。

「まさか、専務まで一枚噛んでるとは思いませんでしたよ……」

「可愛い部下をあんな形で手放してしまったからな。これぐらいはするさ。ま、ただ単に利用させてもらったのも事実だから気にするな」

専務は笑いながら、私の頭をぐりぐりと撫《な》でる。

気に入った相手の頭を撫《な》でるのは彼の癖だ。

これで勘違いした女子社員は多数いる。

罪深い人だ。

彰人の顔をうかがい見ると、不機嫌になっているのがわかる。いそいで専務の手を止めさせて頭を下げた。

「冨澤専務、会長からお話をうかがいました！　ご心配をおかけして申しわけございません。そしてありがとうございました」

専務には直接きちんとお礼を言いたかった。私が今の会社で働けていることも、彰人と再会できたことも全部は専務のおかげだ。

「まぁ、俺はただこいつに連絡とってみただけなんだけどな。熊谷は柴崎会長と交流があったと思って」

専務は、常務のほうに視線を向ける。

「俺としても仕事のできる子がきてくれて助かっているので、良かったけどね」

常務もにっこり笑いかけてくれる。

話を聞いてみると、冨澤専務と柴崎常務は大学時代からの友人だそうだ。そして、彰人は柴崎常務の幼馴染《おさななじみ》だという。その縁で専務は彰人とも親しい付き合いがあるらしい。

ついでに例の写真を彰人が手に入れた経緯も判明した。どうやって彰人が同期の彼女と連絡をつけたのか不思議だったのだが、冨澤専務が一枚噛んでいたようだ。

私が辞めた後、こんなことが何度も起こっては困ると思った専務は私たちのことを独自に調べたのだと言う。祥太郎が流した私の噂の裏をとり、私たちが付き合っている証拠を同期に見せてもらった。そして、その過程で、祥太郎の成績があまりよくないこと、それを野宮部長がごまかしていたことなども掴んだ。もちろん似たようなことをやっている人は他にもいる。どうしようかと思っていた時に彰人に作戦に乗らないかと誘われたんだと笑った。

これでやっと、腑《ふ》に落ちた。

私がずっと専務と話をしていたからか、彰人にぐいっと肩を掴まれて引き寄せられた。

「あまり、俺の婚約者になれなれしくしてもらうと困りますね」

「ちょっと彰人」

私が困った顔をすると、専務は声を出して笑う。

「はは、構わない。だが、熊谷」

「はい？」

「膿《うみ》を出しきったら、うちの会社に戻ってくるか？　こちらは大歓迎だぞ」

少し真面目な声で言う。そう言ってもらえるのは嬉しかった。

「お断りします」

私が答える前に彰人が勝手に言う。

「熊谷さんが戻っちゃったら、狭山が仕事にならないから困るなー」

常務にも言われ、私は困ってしまう。

「みなさん、私の意志って知ってますか？」

思わず、叫んでいた。

彰人はそれが気にくわなかったのか、こちらをじろっと見る。

「貴女、戻る気でもあるんですか」

睨《にら》まれて身体がすくむけれど、こういうことははっきりと自分の口で言いたい。

「専務、お話は嬉しいですが今の会社には恩があります。それに私が戻ったとしても居場所があるともかぎりませんので、今の場所でがんばっていこうと思っています」

「そうか、まぁ君ならそう言うと思った」

専務はまた私の頭に手をのせた。

そんな会話も終えて、全員それぞれの会場へ戻ろうかという話になる。

「それじゃあ、俺は先に戻るよ。スピーチがあるしな」

最初に専務が言った。

私は立ち去ろうとする専務に声をかけて少し近寄る。

「専務」

「ん？　どうした」

振り返った専務にもう一度深く頭を下げた。

「いろいろ、ありがとうございました」

精一杯の気持ちをこめて言う。転職先をお世話してくれたばかりか今回のことまで。いくら感謝しても足りないくらいだ。

もちろんそれは、私のためだけではないだろう。けれど、私の今があるのは専務のおかげだ。

私の気持ちをわかってくれたのか、専務はまた軽く私の頭を撫《な》でて隣の会場へと去っていく。もう見えないのがわかっていても、もう一度頭を下げた。

(専務、お世話になりました。専務がいてくれたから私は幸せが掴めました。本当にありがとうございます)

心の中で呟《つぶや》く。

なんだか感情が昂《たか》ぶってしまって、涙が出そうになった。

深く息を吸い込んでから頭を上げると、すでに常務はいなくなっていた。

彰人だけが不機嫌な顔をしながらこちらを見ている。

私は彼の胸に思いきり抱きついた。

「なんです？　ご機嫌とりですか？」

「うーん、というより感謝を込めてかな。ありがとう」

「いいえ、別に感謝されるようなことはしていませんよ。俺が腹を立てていただけですしね」

たとえそうだったとしても彰人の気持ちが嬉しかった。

彰人が私のためにいろいろと動いてくれたことは間違いない。自分のために怒ってくれたことが嬉しかった。

常務や専務が力になってくれたとはいえ、作戦を立てたのは彰人。そして、彼らを動かしたのも彰人だ。専務は私が優秀な社員だからと言ってくれたが、彰人がいなければここまではしなかっただろう。

「にしても利音はお人よしですね。あれだけで許してしまうつもりだったのですか」

「うーん、私には何もできなかったし、今が幸せだからいいかなって思っていた」

「まったく……」

不機嫌モードからあきれモードに変わりながら、彰人は私の髪を掬《すく》う。そして私の額に唇を落とした。

私は、彼にやられっぱなしなのがしゃくになってきた。

「かがんで」

そう言って彰人の襟元《えりもと》をぐいっと引っ張ると、彼の唇に自分の唇を合わせる。

唇を離すと、嬉しそうに笑う彰人と目が合った。

今度は彼からしてこようとするのを手で受け止める。

それがお気に召さなかったのか、彰人は眉間に皺《しわ》を寄せた。

「続きは帰ってからね。ほら、そろそろ行かないと」

「ちっ」

私が言うと、彼は舌打ちする。

彰人にエスコートされて私は会場へと戻った。

貴方の隣にいたいから、私は頑張ろうと思うんだ。貴方がいてくれるから、私はきっと頑張れると思う。

私は隣にいる彰人をそっと見上げ微笑んだのだった。

番外編

ダイヤモンドと変わらぬ愛

気がつけばもう十二月。

毎年この時期になると、チキンが無性に食べたくなるのは私だけではないはずだ。

クリスマスまでは後数日。

クリスマスを過ぎれば年末となり、会社もお休みとなる。うちの会社の今年のお休みは十二月二十七日から一月四日まで。

学生の頃に比べると減ったなぁ……と、つらくなる。

けれど、社会人なのでそんなことで文句は言えない。本音を言えば言いたいんですけどね。

十二月に入ってからいっそう気温は下がり、キーンとした空気が漂う。

会社を出ると息が白い。寒さを堪《こら》えながら急いでスーパーに行き、買い物をすませて自分のアパートに帰った。最近は彰人の家に居ることが多いが、一応まだ基本的な住処《すみか》はこちらである。

そろそろ家賃がもったいないような気がしていた。家賃だけ払ってほとんどいないので、お金を無駄にしていると思う。

彰人も私が自宅に帰ると言うと不機嫌になるし、大人しく彼のマンションに引っ越ししてしまえばいいのか。

とはいえケジメは大事にしたい。

人が使わなくなって、少し寂しい雰囲気の部屋に寒い寒いと呟《つぶや》きながら入る。

彰人の家は落ち着くけど、やっぱりまだ私の住む場所は此処《ここ》だ。

今日の夕飯は焼うどんにした。彰人の家に入り浸っているため、あまり冷蔵庫に食材を残したくないからだ。

スーパーで買ったのは少量パックのお肉と冷凍うどんだけ。野菜は今あるものを使い切る。

保存がきく食品と、冷凍うどんなどを一旦、冷蔵庫の中へと片付けてしまう。

それからコートを脱いで、部屋着に着替えた。

彰人の家に居る時はシャワーを浴びた後はだいたい彰人のTシャツで過ごしている。最近はさすがに寒いので持参したパジャマの下も穿《は》くようになった。

それでも寒い時は、彰人に思いっきりくっついて眠る。彰人の足の間に自分の足を入れて暖をとるのだ。

彰人がいない自宅はこころなしか寒い。

私はエアコンのリモコンを手にとって暖房をつけた。

台所に行き、冷蔵庫の野菜室に残っていたキャベツと人参とニラを適当に切る。少量パックで買ったお肉も小さく切った。

冷凍うどんを電子レンジで温めている間に、フライパンに油をひく。

料理をするのも久しぶりだ。彰人の部屋で食べる時は彼が作ることが多い。

私も料理ができないわけではないのだが、彰人のほうが上手なので自然とそうなるのだ。

こうやって料理をしていると、彰人が作ってくれる料理にいかに愛情がこもっているかわかる。

彼の家では、万能出汁《だし》で作ったものなんて出されたことがなかった。いったいいつ仕込みをしているんだろうと不思議だ。

一人分の料理はなんだか寂しく、あじけない。

冷たいお茶と焼うどんを口に入れながらテレビをつける。

おもしろい番組はやってないかなぁとチャンネルを変えるが、特にこれというのがなかった。しかたがないので、撮り溜《だ》めしていたドラマを見ることにした。

彰人の家に居ると、ドラマやバラエティを見られない。一緒に見ることもあるが、すぐにベッドの上に連れ込まれてしまうのだ。特に金曜日と土曜日は。

改めて考えると、恥ずかしくなるような生活だが、最近それが普通だと思えるようになってきている。慣れって怖い。気をつけなければと思う。

食事を終えて少しぼんやりとした後、食器を片づけた。

寝るまでまだ少し時間があったので、荷物をまとめてみる。

一応まだこの家に居るつもりではあるし、一緒に住もうという話はしていない。

けれど、いつ言われてもいいように少しずつ準備を始めている。もともとものは多いほうではないので、それほど大変ではないだろうと思っていたのだが……やり始めると意外と熱中してしまい、気がつくとかなりの時間が経っていた。

「あっつい……」

髪の毛をまとめて、腕まくりをする。それでも暑い。

私は、ピッとボタンを押して暖房を消した。

ある程度片づけを終え、お風呂に入る。

髪の毛を乾かして寝る支度をしていると、スマホのSNSにメッセージが届いているのに気づいた。

彰人からの「おやすみ」という連絡だ。

彰人は私が一緒にいない時は、必ず寝る前と起きた直後にSNSで連絡をくれる。マメな男性だなと思う。彼からの連絡は嬉しいのだが、残念なことに私はとても筆不精な女である。

だいたいこういったSNSには返信しない。ただ、彰人の場合放っておくと拗《す》ねる。だから私も「おやすみ」と返事をした。

スマホを机の上に置いて、点けっぱなしのテレビを眺める。

彰人と住むことになったら家電をどうしようかと心配になった。

彰人の家にだって基本的な家電はある。どれも私が持っているものよりも全然良いものばかりで、ちょっと腹が立ってしまうぐらい。

「捨てるのもったいないなぁ」

呟《つぶや》いてから、もしかしてこれって私、ちょっと先走ってるかも、と一人で恥ずかしくなった。

彰人が私と結婚したいと思ってくれていることは疑ってはない。だけど、まだ一緒に住もうとか言われていないし……

「あぁ、もう。また勝手に不安になってる！」

彰人のことは疑ってない、信用してる。私が思い描いている未来と彼が思い描いている未来が違うなんて思わない。

それでも時々不安になってしまうのだ。

彰人の言葉が足りないわけでも、行動が足りないわけでもないのに彼と離れると途端に不安に襲われる。

珈琲《コーヒー》を飲んで落ちつこうと思ったけれど、眠れなくなるかもしれないので、ホットミルクにした。

ミルクに息をふきかけて少しずつ飲みながら考える。

多分私は、早く確かなものが欲しいのだ。

パーティーの時に婚約者として紹介された時は、吃驚《びっくり》したけれど、嬉しかった。

でもその後で会社の人たちや、友人に「結婚はいつ？」「プロポーズの言葉はなんだったの？」

などと、何度も質問され続けた。そのたびに私は曖昧《あいまい》に笑った。

だってまだプロポーズされてなんかいないから。答えられるわけがなかった。

彰人に、そういったそぶりも一切見えない。

ずっとこのままなのかな、なんて落ち込んだ。

もやもやしてる。

「いつ言ってくれるのかな?」

ため息をついてから一気にミルクを飲みほした。

「さっさと言ってくれないと逃げるからね」

逃げる気もないのに口に出してみた。もっとも本気で逃げても、逃げられない可能性は高い。

マグカップを流し台の水につけ、ベッドに入る。

そして、ゆっくりと目を閉じた。


それから数日経った土曜日。

彰人の家にいつものように泊まって、昼過ぎから出かける準備をしていた。

クローゼットの中を物色し出す。

久しぶりのデートなので、何を着ようかとても迷っている。

だいたい彰人の家に泊まりにくると、次の日は一日家でぼんやりとして過ごすことが多いからだ。

私の体力がもたないため、出かける元気がないってことなんだけど。

今日は、彰人が出かけようと言ってくれていたので、いつもよりセーブしてくれた。

けれど身体中のいたるところについている赤い痕《あと》を見ていると、どこがセーブしてくれたのか疑問である。

だるい身体を伸ばしながらコーデを考える。

彰人が買ってくれた服の中に、まだ袖を通していないものがあるので、できればそれらを着てあげたい。

さんざん悩んで、ビジュー付きのセーターとアイスグレイのスカートを選んだ。

肌触りの良い服を着ると、なんだか口元が緩んでしまう。

コートと鞄を持ってリビングへと行く。

彰人はリビングのソファで珈琲《コーヒー》を飲みながら、スマホを弄《いじ》っていた。

「お待たせ」

「いえ、大丈夫ですよ。……うん、やっぱり似合ってますね」

彰人は嬉しそうに笑みを零《こぼ》して頷《うなず》いた。

「でもさ、気づけば服増えてるけど、そんなに買わなくてもいいんだよ?」

「……それは俺から贈られるのが嫌だってことですかね」

先ほどと打って変わって、むっとした顔で彰人は言う。

私はそういう意味ではないと苦笑してしまった。

「違うよ。せっかく彰人がくれる服を全部着られないから、もったいなくて」

ソファに座っている彰人の隣に座り、甘えるように彼の肩に頭をぐりぐりと擦《こす》り付ける。

「それは俺が好きでやってるんです」

「うん、ありがとね」

「構いませんよ。その代わりお礼はいただいていますから」

彰人は含みのある声色で笑みを浮かべ、私の頭に口付けを落とす。

一応私自身が買った服もあるから、これ以上彰人が買うとクローゼットが私の服で溢《あふ》れかえりそうなんだけどな。

そうならないようにもう少し買う頻度を落としてもらえればと思ったのだが、逆効果になりそうだ。

「さて、そろそろ行きますか」

「今日はどこ行くの？」

「着いてからの秘密です」

立ち上がった彰人に手を引っ張られて、私もソファから立つ。

「じゃぁ、楽しみにしてる」

彰人はこういったサプライズが結構好きだ。そうやって私を楽しませてくれるところが、可愛らしくもある。

玄関でパンプスを履いて、コートを羽織《はお》る。これからまだまだ寒くなると思うと、少し憂鬱《ゆううつ》だ。

けれど寒いからこそ彰人にひっついていられる。

外に出れば風が冷たく、私は彰人の掌《てのひら》に自分の掌《てのひら》を重ねた。

「ぬくぬく」

彰人と手を繋ぐと、手だけではなく私自身の心も温かくなる。

エレベーターを降りて彰人の車へと乗り込んだ。

今日はどこへ行くのだろうか、楽しみだなと思いながらしばらくすれば、彰人が駐車場に車を停める。

「……本当どこに行くの？」

「一度行ってみたかったところですよ」

「今日は彰人が行きたいところなのね」

「利音も気に入りますよ、きっと」

彼は確信めいた笑みを零《こぼ》しながら、私の手を取って歩き出す。

街中《まちなか》の少し古めかしいビルが立ち並ぶ通りで、彰人はスマホで場所を確認している。

「あぁ、このビルですね」

彰人が指差したのは、やはり古めかしいビルの一つ。誘導されるままに、そのビルのエレベーターに乗って、三階で降りた先の看板が目に入る。

「ふ、ふ、ふくろうカフェ！」

そこにはふくろうのマークが書かれたお店、私も一度は行ってみたかったお店だ。

「やっぱり利音も気に入りましたね」

「うん！　うん！　はやく、受付しよ」

彰人の腕をひっぱって、入口で受付をする。

此処《ここ》のふくろうカフェはワンドリンク制で一時間ふくろうと戯《たわむ》れることができる。

腕に乗せたり頭に乗せても大丈夫だそうだ。

説明を聞きながら、待つこと数分。前のお客さんとの入れ替えで中に踏み込んだ。

そこには種類の違う九羽のふくろうが居た。

「か、かわいぃぃい！」

「こんなに間近でふくろうを見るのは初めてですよ」

バサバサと翼を動かして移動するふくろうから視線が離せない。

スマホを取り出して写真を撮りながら、うっとりする。

あぁ、なんて可愛い子なんだろうか。

ほくほくとして眺めていれば、店員さんがにこやかに笑いながら話しかけてくれた。

「肩や腕にも乗せられますので、お気軽におっしゃってくださいね」

「ありがとうございます」

せっかくだから腕や肩に乗せたいと思うのは当たり前で。

「俺も肩に乗せたいですね」

「あ、私が選ぶ。どの子か私が選ぶから」

興奮気味にそう言って、どの子が良いかなと探し出す。

小さくて可愛い子も良いし、キリッとした顔立ちの子も良い。

目が留まったのは私のことをじっと見ているミミズクの子。

「君……、彰人の肩に乗ってくれる？」

言葉が交わせるわけがないとわかっていながらそう聞くと、ミミズクは翼をバサっと動かした。

私はそれを了承と取った。偶然だったとしても、ちょっとした何かを感じたのだ。

「すみません。この子でお願いします」

店員さんにこの子が良いと伝えて、彰人の肩に乗せて欲しいと言えば頷《うなず》きながらその子を彰人の肩に乗せた。

「少しくすぐったいですね。あと思ったより、爪は痛くないんですね」

「そうなんだ。痛いのかなって思ってたけど、爪切りとかしてるのかな」

カフェなのだから、爪を整えているのだろう。

お客さんに怪我をさせてしまったら大変だし。

彰人は目を細めてミミズクの子を見る。

「なんか似てる」

「似て……ますかね？」

「目が、キリっとしてるところが」

スマホで何枚も写真を撮りながら、そんな会話をする。

ミミズクは大人しく彰人の肩に乗りながら、顔を動かす。

そして肩から背中のほうに歩き出したりして、彰人が慌てている。

彼が慌てた姿などあまり見られないので、面白くなって声を出して笑ってしまった。

「……」

「ご、ごめんごめん。睨《にら》まないで」

慌てたのが恥ずかしかったのか、彼は少し顔を赤らめながら眉間に皺《しわ》を寄せた。

本当にこの人は、どれだけ私の心を絡めとれば気が済むのだろうかと思う。

私にしか見せないだろう仕草や表情が、たまらなく嬉しくなる。

「そういえば、彰人って動物飼ったことあるの？」

「いえ、我が家は動物は飼えませんでした。父がアレルギー持ちでしてね」

ミミズクの子をうりうりと撫《な》でている彰人を見ると、動物が好きなことがわかった。

あのマンションって動物の飼育は大丈夫なのだろうか。

もし大丈夫なら、いつか猫や犬と一緒に暮らせたら良いな。大変だろうけど、きっと楽しい。

さすがにふくろうを飼おうとは言えないけど……

「そろそろ利音も乗せたらどうですか？」

「うん！　どの子にしようかなー」

「俺が決めます」

私も彰人が乗せる子を選んだので、逆に選んでもらうのも普通だろう。

彼は肩に乗せていた子を名残惜《なごりお》しそうに下ろし、最後に一度頭を撫《な》でて離れていく。

彰人がどんな子を選んでくれるのかを楽しみにしつつ、近くに居た眠そうにまどろんでいる子を眺める。

うつ伏せになって、うとうととしているその姿は本当に可愛い。

起こしちゃ悪いなと思って触れることはしないが、その頭の部分をぐりぐりと撫《な》でたい衝動に駆られる。

「利音」

音を出さないようにしながら、眠っているふくろうの写真を撮っていると名前を呼ばれた。

振り返れば彰人が手招きをしている。

どの子を選んでくれたのだろうかと、そわそわとして近づいた。

「この子にしましょう」

彰人が選んでくれたのは、コノハズク。

彼が選んでくれた子の頭をそっと撫《な》でてやると、気持ちよさそうに目を閉じた。

そしてなぜかくしゃみをした。

「お、おぉ……ふくろうもくしゃみするのね」

「あまり見る機会がありませんからね。とても新鮮です」

コノハズクの子を腕に乗せたところ、ばさりと翼を動かされて驚いてしまう。

小さい子でも羽は大きい。

「可愛いねぇ」

その子と戯《たわむ》れていると、カシャっと音が聞こえた。

「撮ったでしょ」

「当たり前です。先ほど貴女だって俺のことを、これでもかというほど撮っていたでしょうが」

自分の顔が平凡だということは知っているし、写りだって良いわけではない。

だから写真を撮られるのはあまり好きではない。

好きではないが、彰人が満足そうにしているのを見ると消してとも言えない。

それに私自身彰人の写真を撮っているので、そもそも文句は言えないのだ。

なのでせっかくだから今日は割り切ることにしよう。

写真を撮られまくる気持ちでいれば、シャッター音にいちいち反応しなくても良い。

そう思ったら、なんとなく気持ちが落ち着いた。

コノハズクは、どうしたの？　というふうに首を傾《かし》げていた。

一時間という短い時間だったが、ふくろうカフェを堪能《たんのう》してお店を出た。

「楽しかった！」

「ええ、本当に。今度は猫カフェでも行ってみましょうか」

「うん！　行きたい」

手を繋いで、次に行きたいお店について話す。

定番の猫カフェにも行きたいが、犬カフェやうさぎカフェもあるらしいのでそれらにも行ってみたい。

「まだどこか行きたいところあるの？」

「そうですね。一番の目的は果たしましたし、暗くなったらイルミネーションでも見に行きましょうか」

彰人の言葉に了承の意味を込めて頷《うなず》いた。

ただ暗くなるまでもう少し時間があるので、カフェでお茶をしてから向かおうということになった。

駐車場から遠くなり過ぎるのも大変だからと、表通りにあるカフェに入ることにした。

私は紅茶とケーキのセットを頼んで、彰人は珈琲《コーヒー》だけを頼んだ。

「どこのイルミネーションを見に行くの？」

「そうですね……。この辺りで良さそうな場所を少し探してみましょうか」

この時期のイルミネーションはいたる場所である。

車があると遠出もできるので、それも良いだろう。

スマホを弄《いじ》りながら場所を探している彰人を見つつ、自分のスマホを取り出す。

先ほどのふくろうカフェで撮った写真を眺める。

楽しそうに笑っている彰人とふくろうの図は、私の胸を打ち抜くほど可愛い。

私はいそいそとホーム画面に登録した。

ロック画面だと彰人に見られてしまう可能性があるし、そうなったらさすがにちょっと恥ずかしい。

ホーム画面の待ち受けをみて、私は満足して頷《うなず》いた。

「一番近いのは此処《ここ》ですが、此処《ここ》にしますか？」

彰人がスマホの画面を机に置いて見せてくれる。私はセットで頼んでいたチーズケーキを口の中に放り込んでから、スマホの画面を覗き込んだ。

「宇宙……」

その場所のイルミネーションの今年のテーマは宇宙だそうだ。

宇宙空間を表現したイルミネーション。それはとても心ときめくフレーズである。

「ショップなどもあるみたいですし、暗くなるまでそこで時間を潰しましょうか」

「うん、此処《こ こ》が良い」

「はーい」

少しまったりとカフェで過ごしてから、車に戻ってイルミネーションのある場所へ向かった。

ショップなどがあるので駐車場にも困ることはなく、車を停めることができた。

中には洋服や小物などいろいろなショップが入っていた。

中央の広場にはクリスマスグッズをメインに扱った期間限定のお店もある。

時間はまだあるので、一番上の階から順にお店を見ていくことにした。

すると、彰人はいろいろなお店に入っては私の服を見立て始めてしまう。

「これも良いですね。貴女の肌に映えますし、似合います」

彰人が私に合わせたのは、紺ベースに白と赤のストライプがはいっている膝上スカートだ。たしかに可愛い。可愛いが、やはり値段は可愛くない。

クローゼットに入っている服は、すでにタグが取られているので値段は知らない。

ただ肌触りが良く着ていて気持ちが良いので、高いものなんだなとは思っていた。

なので目の前でこうやって服を合わせられると、普段自分が買うものよりワンランク上のため戸惑ってしまう。

だが此処《こ こ》で断れば、彰人は不機嫌になってしまうだろう。

この場合は、大人しく着せ替え人形状態になったほうが良さそうだ。

結局その後、日が暮れるまで彰人と買い物をした。

荷物を一度車に置いてから、すでにライトアップしているイルミネーションへと向かう。

「今度はランジェリーも見立てましょうか」

「恥ずかしいからそれはやめて！」

彼氏をランジェリーショップに連れていくなど、私が恥ずかしい……

そんなやりとりをしながらイルミネーションが見渡せる場所へやってくれば、同じような目的の恋人たちが寄り添っていた。

その中の一組なんだよなぁと、なんだかしみじみする。

柵の近くまでやってきて、イルミネーションを見上げた。

中央に半円のドームのようなものが置かれ、その周りに円を描いて惑星が浮かんでいる。

青色のライトが光り輝き、たしかにそこには宇宙があった。

色とりどりのライトが散らばっていて、あまりにも綺麗だった。

「す、ごい……ねー」

「そうですね。あまりこういったものに興味はなかったんですが、綺麗ですね」

「興味なかったの？」

「男が一人でイルミネーション見に来てどうするんですか。周りは恋人同士ばかりなんですよ？」

たしかに、男性が一人で行くのは浮いてしまうだろう。

「俺としては、貴女と見られてよかったですよ」

「……うん」

彰人は照れもせずにそう言う。逆に私は恥ずかしくて、一言しか返せない。

二人で寄り添いながらイルミネーションを堪能《たんのう》して、マンションへと帰った。

買ってもらった服をクローゼットにしまって、彰人が作ってくれた夕飯を食べる。

そしてお風呂に入って、お互いの髪の毛を乾かして、寝る支度をした。

ベッドに潜《もぐ》ったけれど、シーツが冷たくて彰人に擦《す》り寄った。

「貴女はくっつくのが好きですね」

「だって寒いんだもん。彰人が傍に居ると温かいから。それに嫌じゃないでしょ？」

彰人は息だけで笑って、私の額や鼻、頬、唇と口付けを落とす。

「おやすみ、利音」

「おやすみ、彰人」

額をくっつけてから、最後にもう一度口付けを交わした。

彰人の肩に頭を乗せて、眠りにつく。

これからもこんなふうに、過ごせれば良いな。

昼から歩き回ったり遊んだりしたので、思っていた以上に身体は疲れていたらしい。朝までぐっすり眠ってしまった。

珍しく彰人より私のほうが先に起きたので、朝ご飯を用意しよう。

「いつもは彰人が作ってくれるもんねぇ……。まぁ、起きれないのも彰人のせいだけど」

冷蔵庫から卵とベーコンを取り出して、食パンをトースターにセット。

野菜スープを作りながら、卵とベーコンを焼いていく。

「おはよう」

「おはよ、彰人。珈琲《コーヒー》飲む？」

「えぇ、でも珈琲《コーヒー》ぐらい自分で用意しますよ。朝ご飯作ってくれてありがとうございます」

彰人は自分で珈琲《コーヒー》をセットする。マグカップは二つ出ていて、私の分も淹《い》れてくれるみたい。

「いつもは彰人に作らせちゃってるからね」

お皿に焼きたての料理を載せていって、スープもよそって机に置いていく。

「あれは俺の義務みたいなもんですからね」

自分のせいで私が起きれないということを自覚している台詞《せりふ》だ。

そう思うのならもう少し手加減をしてくれればいいのに……と、思うがきっと無理だろう。

期待するだけ無駄だ。

両手を合わせて「いただきます」と食事を始める。

「美味《おい》しいですね」

「ありがと。でも、彰人が作るほうが美味《おい》しいよ」

「そんなことありませんよ。俺は利音が作ってくれる料理が世界で一番好きですから」

なんていう殺し文句。そんなふうに言われると、料理頑張ろうとか思っちゃうじゃないか。

恥ずかしくて、もくもくとベーコンや卵を口の中にいれてしまった。

食事を終えて彰人が淹《い》れてくれた珈琲《コーヒー》を飲んでいると、彼が口を開いた。

「今日は夜に送っていけば大丈夫ですか？」

「あ、ごめん。今日私お昼に待ち合わせしてるから、それぐらいには出る」

「……待ち合わせですか？　誰と」

「美織さん」

嘘をついてもしかたがないので、あっさりと告げる。

彰人は不服そうな顔をするが、何かを言ってくることはなかった。

彼が言いたいことはわかっているけれど、許してね。

私が出るまでゆったりとした時間を二人で過ごす。彰人は私が帰ってしまうので寂しいのだろう、ずっと私のことをかかえていた。

ソファで彰人の上に座りながらスマホを弄《いじ》ったり、テレビをみたり。

そんなことが日常化しだしている。

時間になってしまったので、彰人のマンションを出て美織さんとの待ち合わせに向かった。

落ち合った私たちは、美味《おい》しいと評判のお店でランチをしていた。

あの修羅場《しゅらば》から三日後に、美織さんは私に改めて謝罪してくれた。

彰人は彼女が私に近づくことに良い顔をしないけれど、私は彼女のような人が好きなので連絡先を交換してもらった。それ以来、すっかり仲良くなったのだ。

カフェで、デザートのりんごと蜂蜜《はちみつ》がトッピングされたバニラアイスのクレープを食べながら、紅茶を飲んでいると、美織さんが驚きの報告をしてくれる。

私は、目をぱちぱちと動かした。

「え？　片岡……さんと？」

「はい……。冨澤専務が紹介してくださって」

私と祥太郎のことで、美織さんの父である野宮部長は降格となり、他県に左遷《させん》されることになった。ちなみに祥太郎も他県へと飛ばされている。

元の会社の人たちに祥太郎のやったことはずいぶん広まっているので、会社に居づらいだろうから、彼にとってはかえってよかったかもしれない。

美織さんは別の会社で働いているので、それに巻き込まれることはないけれど、婚約は破棄《はき》となったのだ。どこか申しわけない気持ちになる。

さらに彼女が実家を出て一人暮らしするというので少し心配をしていた。

そんな時美織さんは、冨澤専務から私のお見合い相手であった片岡さんを紹介されたらしい。

お互いの印象も良く、今は少しずつ距離を縮めている最中みたい。

もちろんまだ付き合っているわけでもないし、将来のこともわからない。ただ一緒に居ると凄《すご》く穏やかな気持ちになれる人で自分も自然体でいられると言って美織さんは微笑んだ。

ほっとした私は、前々から疑問に思っていたことを聞いてみた。

「私が言うのもなんだけど、そもそもなんで祥太郎と婚約することになったの？」

「父から良い人だと紹介されたのです。彼はいつも何かしら手土産を持ってきてくれて面白い話をしてくれました。優しい誠実な人だと思っていたので、彼の言い分を信じてました」

祥太郎は彼女に、同期にストーカーされて、精神的に参っていると言っていたそうだ。巧妙な手口でつきまとわれ、周りは自分と付き合っているように思っていて誰も助けてくれないから困っている、という説明を美織さんは疑っていなかったという。

ただ、それならきちんと法的手段を取ったほうが良いと助言しても、一向に実行しなかったので少し変だとは思っていたらしい。

「そ……っか」

親が自分に良かれと思って紹介してくれた人だ。嘘をつかれているなんて思いもよらなかったのだろう。

私は、この際なので、もう一つ気になっていたことを聞いてみた。

「美織さん、祥太郎の前で泣いたり喚《わめ》いたりしたことある？」

「……いいえ、特には覚えはないです。ただ、彼がストーカー被害の対策をとらないことや、利音さんにはっきりとした態度をとらないのはおかしいと思っていたので父に相談したことはあります。彼も一緒にいたほうがいいと思ったので連れていきたかったのに、来てくれないから、本人にどうして逃げるのと言って泣きそうになったことはあるかもしれません」

その言葉に、祥太郎がそこでも嘘をついていたことを知った。

彼女がそんなことをするようなタイプに思えなかったので、ちょっと疑問に思っていたのだ。それがわかって、少しすっきりした。

「利音さんは、狭山さんといつごろ結婚されるのですか？」

「んー、どうなんだろうね。まだそういったことを詳しく話してないんだ」

ここ最近、いろんな人に答え続けたので、すらすらと言葉が出てきた。

いろいろ思うところはあるのだが、こう言うとみんな深く突っ込んではこないので私はすべての質問に同じ答えを返すことにしている。

それからしばらくいろいろなことを話をして夕方六時ごろに美織さんと別れる。

今日は自宅に帰ることにしていた。

優しい片岡さんと真っ直ぐな美織さんはお似合いだと思う。二人が幸せになったら私も嬉しい。

ただ気になるのは、なぜ片岡さんが紹介されたのかということだ。聞いてもしらばっくれるとは思うけれど彰人が何かしたような気がする。

私と片岡さんの間には何もないし、これからもない。けれど、彰人は彼が気に入らないらしく、何かというと話題にして私の反応を見る。

だから冨澤専務を通して美織さんに片岡さんを紹介させたんじゃないかな。

そうでなければ、わざわざ他社の人間である片岡さんを冨澤専務が紹介するなんて、考えられない。

そんなことを考えていると、彰人からＳＮＳが届いた。

内容はクリスマスイヴはあけておいてというもの。

「クリスマスイヴか」

会社が休みに入るのは二十七日からなので、世間が盛り上がる二十四日も二十五日も普通に仕事だ。

それなのに二十四日の夜は一緒にディナーをしようと彼は連絡してきた。

同じ会社なので一緒に退社すれば、少しはゆっくり食事ができるのかもしれない。その後は、彰人の部屋で過ごすコースだろう。

ディナーはいいけど、ドレスコードが必要な場所に行くのだったら教えてほしいのに、場所は内緒のようだ。

自宅に帰ってクローゼットの中を確認しながら、楽しみで口元がほころぶのを止められなかった。

月曜日の社内はどこか浮き足立っていた。

明後日はクリスマスイヴだし、今週が終われば年末年始のお休みになる。

私も明後日のデートが楽しみでしかたない。

翌日の火曜日は、祝日で会社は休みだった。

明日は何を着て行こうかなと一日中家で悩む。

靴は彰人に選んでもらったワインレッドのパンプスを履くつもりだけど、それに合わせた服をどうしようかな。

早く明日にならないかと、クローゼットを何度も開け閉めした。

恋に年は関係ないだとか、人を変えるとか聞くけれど、たしかにそうだと思う。

クローゼットから何着も洋服を出してはベッドの上に並べる。

ピンク系や可愛らしいふわふわした服もいいけれど、正直自分に似合う気がしない。

悩みに悩んで、黒のトップスにベージュのミモレ丈のフレアスカートにした。首元が寂しいからゴールドのネックレスをしていこう。

洋服を決めたところで、お風呂に入り念入りに身体を洗う。

明日は特別な日だから特別に可愛くなりたい。

お風呂から上がった後、さっさとベッドに潜《もぐ》った。


クリスマスイヴ当日は会社を定時であがる。

由香里たちに挨拶《あいさつ》をしてエントランスへ急いだ。

ワインレッドのパンプスがカツン、っと音を立てる。

幼い頃、この音に憧れたことを思い出す。

綺麗な洋服を着てパンプスのヒールを鳴らして、男の人のもとへと駆けていく――

今こうして自分が憧れていた姿をしているのだと思うと、自然と笑みがこぼれる。

彰人はエントランスの出口付近で待っていてくれた。ダークスーツに身を包み黒のトレンチコートを羽織《はお》った姿は、クリスマス効果もあるのか、いつも以上に格好良く見える。

そう思うのは私だけじゃないようで、会社を出ようとする女性社員が彰人へと視線をやっていた。

あそこに自分が突入せねばならないのでおじ気づきそうになるが、そんなことは言っていられない。

「彰人」

私が声をかけると、彰人は優しげな笑みを浮かべながら手を差し出した。

私が手をとれば、指を絡《から》めるように手を繋いでくれる。

いつものことではあるが、少し照れた。

会社の最寄り駅から数十分ほど電車に揺られ、着いた駅からさらに十分ほど歩いた場所に連れていかれる。

「……え？」

「さ、行きますよ」

彰人は驚く私の手を引っ張る。私が驚いたのが嬉しかったのか、悪戯《いたずら》が成功した子どものように笑った。

「あ、あ、彰人。これって……！」

「えぇ、ディナークルーズですよ」

私の目の前にはとても大きな豪華客船があった。

ちょっと高めのレストランで豪華なディナーかなと予想していた私は、口を大きくあけて船を見上げる。

私は彰人にエスコートされるまま船内へと入った。

非日常を楽しませるよう飾られた煌《きら》びやかな船内に目がちかちかとする。

脳内がふわふわして、夢みたいだ。

「利音。大丈夫ですか？」

「う、うん……。大丈夫」

彼は笑みを零《こぼ》し、私の頬に口付けを落とす。

私の顔が熱くなる。慌《あわ》てて周囲を確認したが、私たちと同じようにお互いしか目に入っていない恋人ばかりでほっとした。

「さ、行きますよ」

三階へと上がりレストランに入った。私たちは窓際の席に案内される。

そこから外を眺めてみると、街の明かりがとても綺麗だった。

「わぁ……」

「喜んでもらえているようで、俺も嬉しいですよ」

「まさかディナークルーズだとは思わなかった」

このクルーズは二時間半のコースで、三階では生のジャズ演奏を聴きながらフレンチディナーを楽しめる。

彰人と他愛のない話をしているうちに、出航の時間となった。音楽とともにディナーがはじまる。

美しく盛られたオードブルに口をつける。幸せだなと思えるほどに美味《おい》しい。

ドリンクは彰人に選んでもらい、二人でゆっくりとシャンパンを飲んだ。

スープにメイン、デザートまで楽しんだ後、彰人に小さな箱を手渡される。

「クリスマスプレゼントです」

「ありがとう。私からはこれ」

「ありがとうございます」

私からも綺麗にラッピングした袋を渡し、お互いのクリスマスプレゼントを交換した。

彰人からもらった箱を開けると、誕生石が埋まったピアスが入っている。

シンプルだけれど、しゃれたデザインだ。やっぱり彰人はセンスが良い。

つけていたピアスを外して、さっそくプレゼントをつける。

「似合ってますよ」

そう言ってもらえると嬉しくてたまらない。

「このピアスも大事にするね」

私は口元がにやけたまま彰人に告げた。

今度は彰人が私からのプレゼントの包みを開ける。

「あぁ、手袋ですか。ちょうど欲しかったんです」

喜んでもらえてよかった。仕事の時でも使えるように、シンプルで質の良いものを選んだつもりだ。

私は目じりを下げて微笑んだ。彰人も優しく笑うと席を立つ。

「少し寒いでしょうけど、外のデッキに出ましょうか」

「うん！　夜景を船からみるって優雅な気分になる」

真冬のデッキは少し寒かった。寒さに身体を縮こまらせていると、すぐに彰人が私の肩を抱いてくれた。暖をとるように身を摺《す》り寄せながら、目の前に広がる広大な海ときらきら光る夜景を見る。

こんな夜景を彰人と一緒に見られるなんて、今日は特別過ぎる日だ。

「少し待っていてください」

「え？　うん、わかった」

しばらく夜景を見ていると、ふいに彰人が言った。私の肩に彼のコートをかけると、デッキを離れていく。

どうしたんだろうと思いつつも、何か理由があるのだろうと大人しく待つことにした。

デッキの柵に身体を預けながら夜景を見ていると、五分もしないうちに足音が聞こえる。

きっと彰人だ。

「利音」

「んー？」

ほら、やっぱり彰人だったと、振り返ると目の前に深紅――ワインレッドのバラの花束がある。

「えっ」

驚きながらも手渡された花束を受け取って、彰人へ視線を向ける。

彼の目は、今まで見たことがないほどに真剣だった。

彰人に釣られるように私も真剣な顔になる。なぜだか、緊張して心臓がばくばくと音を立てた。

「以前お話しした通り、俺の家は少しめんどうです。そのことで貴女に苦労させることもあると思います。それでも俺は利音と共にありたい。同じ時間を過ごし、楽しいこともつらいことも分かち合いたい」

「……」

彰人は私の前に跪《ひざまず》いて、箱を取り出す。

映画やドラマでプロポーズをする男性が跪《ひざまず》くシーンはたくさん見た。

どれもこれも、なんだかわざとらしく思えて恥ずかしいなと思っていたけれど、自分がされるとどうしようもなく心が震えた。

箱の中にあるのは夜景にも負けないほどに輝くダイヤモンド。

「愛しています。貴女のこれからの時間を俺にください。そして俺のこれからの時間をもらってください」

私の左手をとって、彰人は唇を落とす。

伝えたいこと、言いたいことはたくさんあるのにどれも言葉にならなかった。

夜風にあたり冷えた身体がどんどん温まっていく。

ぼろりと涙が零《こぼ》れ半笑いになる。

「は、……い……。わた、し、も……い、いっしょにっ……いたいっ」

本当はもっとちゃんと言葉にしたかったのに、涙が溢《あふ》れ、まともな言葉にはならなかった。

それでも彰人は蕩《とろ》けるような笑みを浮かべ、私を抱き締める。

クリスマスイヴのこの日、私は彰人の本当の婚約者となった。

ディナークルーズが終わり、タクシーに乗って彰人のマンションへと帰る。

タクシーの中でも涙が止まらなくて、運転手さんに温かい目で微笑まれた。

部屋に入ると、すぐにバケツに水をはってバラを活ける。飽きもせずにじっと眺めていると、彰人に抱き上げられた。

「彰人？」

「泣き虫な俺の恋人を甘やかそうと思いまして」

そう言いながら寝室に連れ込まれる。

思わず、甘やかすのではなく甘えたいの間違いだろうと心の中で突っ込んだ。

でも、私のほうも彼に触れていたいのだ。

彰人の首に両腕を回し、口付けを交わす。

啄《ついば》むように触れ合ってから、舌先をつつきあい絡《から》める。口端から呑み込みきれない雫《しずく》が零《こぼ》れた。

深くなっていく口付けに溺《おぼ》れそうだ。

「利音、利音、あぁ、可愛いですよ」

「あき、っと……んんっ」

キスだけでは満足できなくなる。

彰人は私の耳をさすさすと触り、着ているものを脱がした。

私も彰人のジャケットを脱がしていく。お互いに相手が服を脱がしやすいように艶《なまめ》かしく身体を動かす。

彼の指が私の胸を這い、頂《いただき》を探すようにさまよう。熱い吐息を吹きかけられ、唇がかすかに触れた。それだけで下腹部が疼《うず》く。

胸をぐにぐにと揉《も》まれながらはむっと甘噛《あまが》みされる。それでもまだ刺激が足りなくて、じれったい。

そんな私の反応を楽しむように、彰人は唇を離し、指と指の間で扱《しご》いた。

「やぁっ」

「何がですか？　どうして欲しいのか教えてください」

彼はあいかわらず意地悪を言う。

それでも慣らされた身体は、その言葉にじゅんっと蜜を零《こぼ》した。

「な、め……て……」

「どこを？」

「……む、ねぇっああっ！」

言葉にした瞬間に胸の側面をべろりと舐め上げられた。ぬるぬると舌が側面から胸の上、間、反対の胸へと這う。

それでも頂《いただき》をわざと避けるようにされて、私は太ももを擦《こす》り合わせた。

「い、じ、わるっ、しないでよぉ……！」

じくじく痛いほどに尖っている頂《いただき》が疼《うず》く。

胸を突き出して強請《ねだ》るとやっと甘い刺激を与えてくれた。

「こんなにも尖らせて、そんなに俺に舐めて欲しかったんですか。いやらしい子ですね」

胸を唇で押し潰すようにされながら、頂《いただき》をじゅるじゅると弄《もてあそ》ばれた。舌で嬲《なぶ》られ甘噛《あまが》みされて、身体のいたるところを撫《な》でられる。

食べられてしまうんじゃないかと思うほど、彰人の口内へと乳輪が吸い込まれた。そのまま舐められ、しゃぶられる。

彰人が唇を離すと胸の頂《いただき》との間に糸が引き、ぷつりと切れた。

「ずっと舐めていたら、ふやけてしまいそうですね」

彼は私の横に身体を横たわらせて、右手で胸を揉《も》みながら左手はお腹を擦《こす》る。やがてその手は下腹部へと向かい、陰唇に触れた。

「んんっ」

「貴女はどこもかしこも敏感で、可愛い反応をする」

耳朶《じだ》を口に含まれ、ちろちろと舐められる。

うなじや首筋も舌で舐められながら、胸と秘所を撫《な》でられた。敏感なところばかり弄《いじ》られて、思考がまとまらなくなる。

つぷっと音を立てながら彰人の指が一本膣内へと入ってきた。その指をぐっと奥まで差し込まれ、膣壁を指の腹でぐりぐりと擦《こす》られる。

「ひぅっ、あ、あ、っ、んあぁ」

私の甘い声が嬉しいのか、彰人は熱い息を吐きながら指を二本、三本と増やしていった。じゅぽじゅぽと蜜を掻《か》き出すように動かされ、無意識に上がった足がびくびくと痙攣《けいれん》する。息を乱しながら軽く達してしまった。

「ふふ、もうイッてしまいましたか。でも、まだまだ始めたばかりですよ？」

「やぁああっ、そこ、いじっちゃ、だめぇ」

「だめじゃないでしょう。こんなにぷっくりとさせて、はやく俺に触ってほしいくせに。嘘つきですね」

私の蜜で濡れた指で、赤く膨れた花芯をぐりぐりと押し潰す。強い刺激を与えてから、今度は指の腹で優しく撫《な》でた。

その緩急に意識が飛びそうになる。

身体を捩《よじ》って逃げ出したいけれど、もっと激しく弄《いじ》っても欲しい。

「さて、そろそろ利音の甘い蜜を吸わせてもらいましょうか」

彰人は私の両足を掴み、ぐっと頭のほうへ折り曲げた。秘所が彰人に晒《さら》される。

舌舐めずりをした後、彰人はふぅっと秘所に息を吹きかけ、びくびくと動く陰唇に舌を這わせる。

何度もそこを舐め上げられ、足の指先が丸まる。波が押し寄せてきて、私の思考を攫《さら》った。

彰人の舌は上へと動き、花芯を円を描くようにぬるぬると舐める。

「ひあぁあ、あ、あ、あつっ、熱いよぉ」

あまりの感覚に身体がほてった。

首を横に振りながら、いやいやと訴えるが彰人はやめるわけもなく、甘い蜜がほとばしるそこにまた指を差し込んだ。

「さぁ、もう一度イッてしまなさい」

ぐちゅぐちゅと淫猥《いんわい》な音を立てながら、縦横無尽に指が動き回る。花芯をじゅっと強く吸われ、私は足をけり上げ、一際高い嬌声《きょうせい》を上げた。

「だめ、やっ、あ、あ、あ、あぁぁぁぁっ……！」

全身に押し寄せた波が私を覆《おお》い、彰人の指をきゅうきゅうと締め付けて達してしまう。

足を上げていて苦しかった体勢から解放される。

彼は良い子だというふうに、私の背中を撫《な》で顔中に口付けを降らす。

ぐずぐずに解《ほぐ》れた秘所を指で左右に割られると、そこから蜜がぽたりとシーツに落ちた。

「いいですか？」

彰人が私に覆《おお》いかぶさり、汗がぽたりと私に落ちる。

私は弛緩した腕をゆるりと上げて、彰人の頬を両手ですりすりと撫《な》でた。

「彰人の、ちょーだい」

「えぇ、苦しいほどたくさんあげますよ」

唇と唇を触れ合わせた後、一度彰人は離れていく。

ガサガサと袋を破く音が聞こえ、しばらくすると足元のベッドが彰人の体重で沈んだ。

彼は私の身体を横向きにすると片足を持ち上げ、肩に乗せる。

期待するように屹立《きつりつ》した太い肉棒の先端を、震える陰唇に擦《こす》りつけた。

「もっ、焦《じ》らさないで」

「すみません。貴女のもの欲しそうな顔を見ると、どうも嗜虐心《しぎやくしん》が出てしまいますね」

ゆっくりとした動作で腰が押し進められ、ぬぷりと硬い先端が膣壁を引っ張りながら挿《はい》ってくる。

そして私の付け根に彼の腰がぴったりとくっついた。

「はぁ、奥まで挿《はい》りましたよ」

「あっ、ぁああっ」

彰人は私の太ももをかかえなおし、ぐちゅぐちゅと音を立てながら挿入を繰り返した。そのたびにかかえられた足が、律動に合わせて揺れる。

太い肉茎で膣壁を擦《こす》られると、身体が悦《よろこ》びに溺《おぼ》れた。

奥を穿《うが》たれたまま腰を回されて、脳髄《のうずい》が蕩《とろ》けそうになる。私は枕に顔を埋めながら必死に刺激に耐えた。

他に何も考えられないほどに気持ちが良い。

こんなに気持ちが良くて幸せな行為を彰人とできることが嬉しい。

奥を抉《えぐ》られて揺さぶられるたびに、膣内が貪欲に彼を締め上げた。

「くっ、あまり、締め付けないでください。明日も仕事ですからね。今日は壊れるほどはしてあげられませんよ」

「む、っりぃ……」

「しかたのない人ですね」

彰人はかかえている私の太ももに舌を這わせながら、より激しく猛《たけ》ったものを打ち付ける。そのたびに目の前がチカチカとした。

彼の怒張を咥《くわ》えこんだ身体がその快楽で震える。

「あき、とぉ……っ、あきとっ」

「イきそうなんですね。中がひくひくとしていて、たまりませんね」

私の感じる場所を重点的に抉《えぐ》られて、背筋を快楽が走る。背中を弓なりに反らしながら喉を震わせた。

私の身体はシーツに沈んだのに、律動は止まらない。

私の背中に寄り添うように彰人も横たわり、ぐぷぐぷと抽挿《ちゅうそう》を繰り返す。

「あぁっ、やぁ、やす、ませてっ」

「だめですよ。貴女が俺のプロポーズを受け入れてくれた喜びを教えてあげなければいけませんので」

吐き出したいぐらいに膨《ふく》らんでいるくせに、彰人は我慢をして私の膣内を堪能《たんのう》する。多分、次の日が仕事の時は何度もしないという私との約束を守ってくれるつもりなのだろう。

彼は私の頬に手を寄せて自分のほうへと引き寄せる。唇が重なり舌を入れられた。

「この可愛い唇も、耳も、滑らかな背も、ここも。全部俺のものです」

言葉をなぞるように耳や背に口付けを落とされ、「ここ」と言われながら勢いよく奥を抉《えぐ》られた。

「きゃぅっ」

「はやく利音の奥に注ぎ込んでしまいたい」

ぞくりとするようなその独占欲に喜びを覚える。

彰人は言葉でいろいろと言いながらも、私の意志を尊重してくれる。だからこそ、私は彼と一緒にいたいと思える。

すりすりと頬や首筋を撫《な》でられながら耳朶《じだ》を甘噛《あまが》みされ、花芯を指で扱《しご》かれる。

「それっ、また、またきちゃうっ」

「ええ、今度は一緒にイきましょうか」

彰人の剛直の先端が最奥をぐりぐりと穿《うが》つ。花芯を指の腹が撫《な》でる。

涙で目の前がぼやけて見えないのに、奥がまた光り出す。

私を揺さぶる動きが速くなり、滾《たぎ》る肉茎に奥を抉《えぐ》られた。

「くっ……！　出し、ますよっ」

「あっ、あっ、あぁっ！」

私の腰に腕を回して強く抱きしめながら、彼は熱い吐息を漏らす。薄い膜越しに飛沫を感じる。

私は彰人の頭に腕を回し、身体を痙攣《けいれん》させた。

汗ばんだ身体を寄せ合い、掠《かす》れた息を交換するように口付けを交わす。

「愛してますよ」

「……ん、私も」

心地の良い倦怠感《けんたいかん》に、このまま眠ってしまいたい。

けれどボロボロになった化粧くらいは落としたかった。

彰人に告げるといそいそと私を抱き上げ、お風呂場に連れて行ってくれる。

私の身体を労《いたわ》るように洗って、ゆっくりとお風呂につからせ、髪の毛を乾かしてくれた。

取り替えたシーツの上で寝そべる彰人の上に、寝転がる。

ぴったりと身体をくっつけると、温かい。

「年末年始はどうするんですか？」

「母さんと一緒に過ごすけど、彰人も実家？」

「えぇ、一応は。……三が日のどこかで貴女の家にうかがってもいいですかね」

それは……、きっとそういう意味なのだろう。

嬉しくて足をバタバタと動かしてしまい、彰人の太ももを攻撃してしまった。

いつでも良いと伝えれば、彰人は私の髪を優しく梳《す》きながら額に唇を落とす。

「そういえば、プロポーズさ……ダイヤモンドだけだったんだけど……」

あれはいったいどういう意味なんだろうか。リングも何もなく、ただのダイヤモンド。

前に指輪をくれたので、私の指のサイズがわからなかったということはありえない。

「あれは、ダイヤモンドだけでリングはオーダーメイドできるんです。今度一緒にショップに行って、どんなデザインが良いか決めましょう」

「へー、そんなこともできるんだ」

二人の特別なものだから、二人で決めたい。

そんなふうに思ってくれているみたいで、喜びが込み上げる。

二人で目に見える絆を作ることができるんだ。

はやくリングにして付けたい。

まだそれが存在しない自分の薬指に唇を付ける。

「そういえば、貴女はバラの花言葉は知っているんですか？」

彰人が首をゆるく傾《かたむ》けながら聞く。

「知ってると思う？」

「思いませんね」

即答されてムッとした。

もちろんバラの花言葉は知っている。〝貴方を愛しています〟だ。

ただ、花言葉はその花びらの色によって変わる。

「深紅のバラの花言葉は〝深い愛情〟と〝貴方が欲しい〟ですよ」

彰人に微笑まれて、私は涙ぐんだ。

「……っ、う、ん」

「また泣くんですか」

彰人はあきれながら、私の頬から零《こぼ》れた涙を唇で拭き取ってくれる。

その優しい仕草が、より私の涙をさそう。

「私も彰人が欲しい、愛してる」

愛おしくて私から唇を重ねる。

嬉しそうに笑う彰人をぎゅうぎゅうと抱き締めた。

彰人が穏やかに紡ぐ言葉が心にしみる。胸がいっぱいになって目じりに涙がたまった。

これからも、嬉しいことや苦しいことがたくさんあるだろう。でも私たち二人なら大丈夫だ。

もう一度貴方に会って、好きになれて良かった。

お互いの温《ぬく》もりを確かめるように、眠りに落ちた。

～大人のための恋愛小説レーベル～

エタニティブックス ETERNITY

エタニティブックス・赤

憧れの彼がケモノな旦那様に⁉

溺愛幼なじみと指輪の誘惑

玉紀《たまき》 直《なお》

装丁イラスト／おんつ

23歳の渚《なぎさ》は、就職して一ヶ月になる新人ＯＬ。彼女は初めての給料日を迎え、ある約束を果たすべく張り切っていた。それは彼女の幼なじみであり、憧れの人でもある樹《いつき》に七年前にくれた指輪のお返しをするというもの。せっかくなら喜んでもらえるプレゼントがしたい。そう思った渚は、樹に直接欲しいものを尋ねてみる。すると彼は「渚が欲しい」と言い出して——⁉

※エタニティブックスは大人の女性のための恋愛小説レーベルです。ロゴマークの色で性描写の有無を判断することができます（赤・一定以上の性描写あり、ロゼ・性描写あり、白・性描写なし）。

詳しくは公式サイトにてご確認ください。
http://www.eternity-books.com/

携帯サイトはこちらから！

赤子の頃に捨てられ、領主の屋敷で下働きをしているライラ。そんな彼女の前に、ある夜、美貌の青年が現れた。魅入られたようにその場から動けなくなったライラを青年はキスと愛撫で甘く蕩《とろ》かしていく。気づくとライラは、国王の伴侶として王宮に向かう馬車の中で!? その寵愛は恋か運命《さだめ》か欲望か――身も心も蕩かされるロマンチックラブストーリー！

定価：本体1200円+税　　Illustration：一色箱

有涼 汐（うりょう せき）
2014年よりWEBにて小説を掲載。2015年に「わたしがヒロインになる方法（旧題：Supporting Actress）」が人気を博し、出版デビューに至る。趣味はカメラ。好きな場所は水族館。

イラスト：二志

本書は、「ムーンライトノベルズ」（http://mnlt.syosetu.com/）に掲載されていたものを、改題・改稿・加筆のうえ書籍化したものです。

君《きみ》に10年恋《ねんこい》してる

有涼 汐（うりょう せき）

2015年12月25日初版発行

編集－黒倉あゆ子・宮田可南子
編集長－塙綾子
発行者－梶本雄介
発行所－株式会社アルファポリス
〒150-6005 東京都渋谷区恵比寿4-20-3 恵比寿ｶﾞｰﾃﾞﾝﾌﾟﾚｲｽﾀﾜｰ5F
TEL 03-6277-1601（営業） 03-6277-1602（編集）
URL http://www.alphapolis.co.jp/
発売元－株式会社星雲社
〒112-0012東京都文京区大塚3-21-10
TEL 03-3947-1021
装丁イラスト－二志
装丁デザイン－ansyyqdesign
印刷－中央精版印刷株式会社

価格はカバーに表示されてあります。
落丁乱丁の場合はアルファポリスまでご連絡ください。
送料は小社負担でお取り替えします。

ISBN978-4-434-21439-4 C0093